BBULMEDIA

http://www.bbulmedia.com

고수,
하산하다

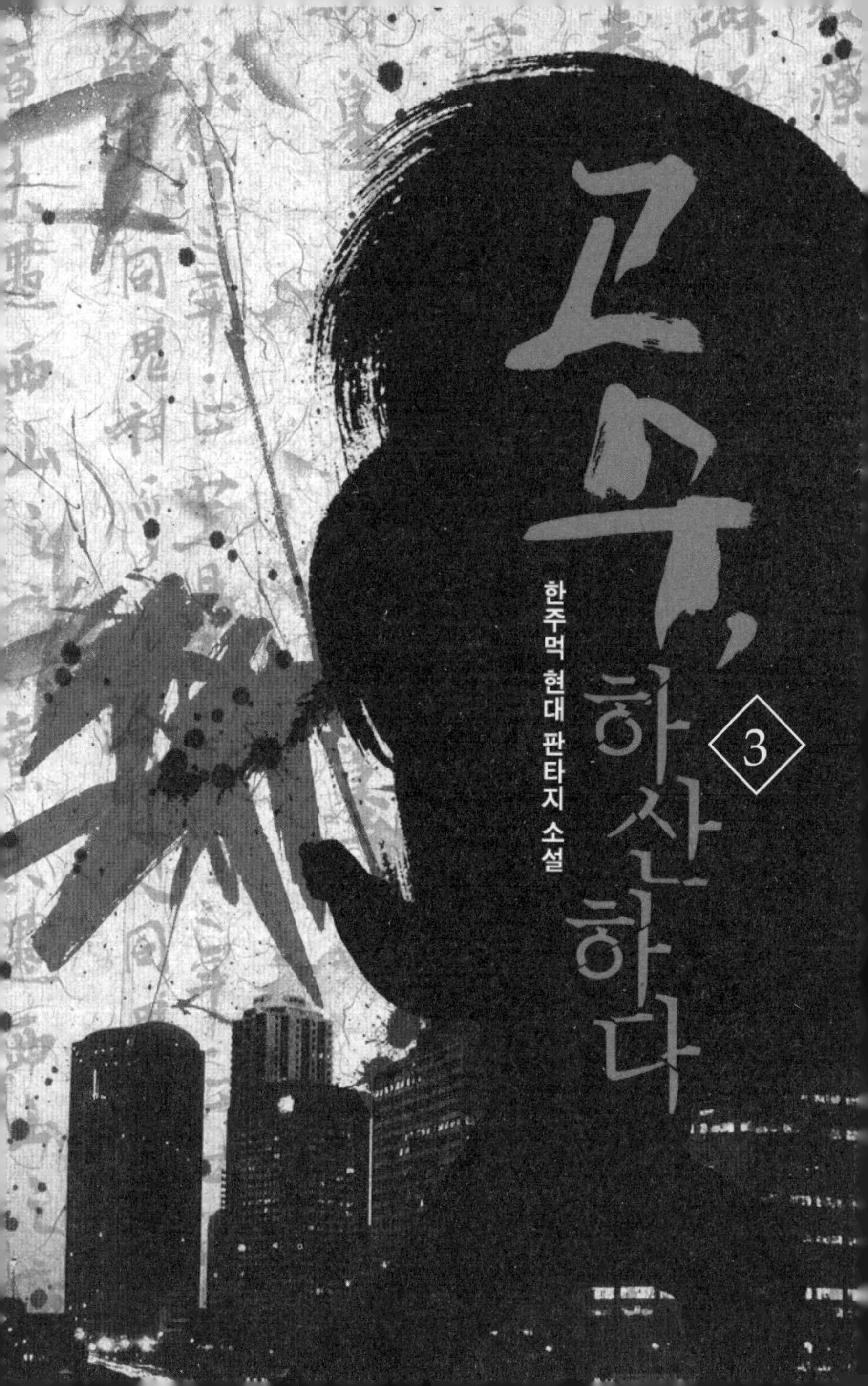

고수, 하산하다
3
한주먹 현대 판타지 소설

차 례

I
파문

和療夫遇西山之

顛蹞行路嵗以餓之顛蹞行路嵗以餓之

春秋六十有二其年春秋六十有二其年

辭此下方魃乹他方辭此下方魃乹他方

墓　　　　墓

永清三年乙廿一月永清三年乙廿一月

路賢人同鬼神而炁路賢人同鬼神而炁

'복면고수를 이겨라'가 열린 다음 날, 전 세계 신문은 복면고수의 사진으로 도배되었다.

  미국의 유명한 신문사도 마찬가지였다. 월스트리트의 경제 신문도 가십을 다루는 신문들처럼 복면고수의 사진을 일면에 올렸다. 복면고수의 등장이 경제적 영향이 있다고 본 것이다.

  무협영화가 세상을 뒤덮던 시절이 있었다.

  그 시절에는 동양인이 이상한 자세를 하거나 기합을 지르면, 덩치 큰 서양인도 움찔했다.

  물론 여러 무술이 서양에 전해지면서, 그런 환상도 많이 사라졌다.

오히려 이제는 서양의 무술가들이 더 강하다. 똑같은 기술을 신체조건이 우월한 서양인이 열심히 수련하니 더 강할 수밖에 없었다.

그러나 서양인들은 아직 동양의 신비한 고수에 환상을 가지고 있었다.

그리고 드디어 진정한 고수가 등장하자, 서양인들은 더욱 열광을 하고 있었다.

동양에서는 그저 고수구나 생각하고 있지만, 서양에서는 상상 속의 슈퍼 히어로가 나타난 것처럼 요란을 떨었다.

이소룡도 동양보다는 서양에서 더 히트를 쳤다.

정수와 싸웠던 격투가들의 인터뷰도 신문을 채웠다. 손이 보이지도 않았다거나, 무지 아팠다거나, 맞은 부위에 멍자국도 없다는 등의 인터뷰가 이어졌다.

격투가들은 프로답게 쿨하게 패배를 받아들였다.

오히려 어린 시절 꿈꿔 왔던 진짜 고수와 겨루게 되어 영광이라는 소감이 주류였다.

그러면서 멍 자국이 없다는 이유로, 점혈이니 하는 온갖 추측성 기사가 나오고 있었다.

방송에서도 내공과 문파, 혈도와 점혈 같은 소설 같은 소재가 이어졌다. 방송인지 무협인지 모를 내용들이지만, 독자들이 궁금하니 온갖 추측이 화면을 채웠다.

반면, 중국과 일본에서는 환호를 하면서도 이상한 분위

기가 감지되고 있었다.

서양인들이야 중국과 일본을 구별 못하는 사람이 대부분이었다.

그리고 한국을 아는 서양인은 10프로도 되지 않을 것이다.

그래서 서양인들은 복면고수를 한국의 고수가 아니라, 동양의 신비한 고수로 볼 뿐이었다.

그러나 중국과 일본에서는 복면고수의 국적을 뼈저리게 느끼고 있었다. 복면고수의 등장에 환호하기는 하지만, 자존심의 문제가 있었다.

중국은 무협 영화, 일본은 사무라이와 닌자 영화가 국가의 문화 아이콘이었다. 전통 무술은 단지 상품이 아니라, 민족의 자긍심이었다.

그리고 전통 무술은 보통의 전통 문화와는 특별한 차이가 있었다.

바로 비교가 가능하다는 점이다.

대련이 가능하다는 말이다.

축구나 야구 같은 스포츠는 질 수도, 이길 수도 있다. 패배한다고 해도 아쉽기는 하지만 스포츠일 뿐이었다.

그러나 무술은 단지 스포츠가 아니었다. 각국의 전통 무술은 단순한 사회체육이 아니라, 나라의 정신을 담고 있었다.

그러니 자국에 복면고수와 비슷한 고수가 없다면 자존심이 구겨지게 될 것이다.

사무라이하면 일본이고, 쿵푸하면 중국이었다.

특히 쿵푸가 유명한 중국에서는 세계에 뭔가 보여 줘야할 필요성이 있었다.

아직은 단지 동양의 신비한 고수이지만, 곧 한국의 고수라는 점이 부각될 것이다.

그로 인해 가장 다급한 것이 중국이었다.

발등에 불이 떨어진 중국의 문화부는 바쁘게 움직이고 있었다.

중국의 정부기관 중에서 무술 협회 같은 조직을 관리하는 곳은 문화부였다. 무술을 스포츠로 보고, 사회체육의 입장에서 관리하는 것이다.

장관 급인 문화부 부장이 전화기를 붙잡고 목소리를 높이고 있었다.

"체육협회장이 모르면 누가 압니까? 빨리 진짜 고수를 찾아내십시오."

—저도 저 정도의 고수는 처음 봅니다. 발경이 가능한 고수는 몇 명 있는데…….

"발경을 할 수 있는 고수가 있다니 다행이군요. 당장 북경으로 모으세요."

—그게 서두를 일이 아닙니다. 발경의 고수라도 한국의

복면고수를 상대할 수준은 아닙니다. 우리 고수는 초급 수준인데, 상대는 완숙한 경지입니다. 엄마 뱃속에서부터 수련을 했는지, 내공의 차이가 너무 납니다.

"그래도 발경의 고수이지 않습니까? 찾아보면 더 대단한 고수가 있을 겁니다. 체육계의 모든 인맥을 동원해 세계에 자랑할 수 있는 고수를 찾아내십시오."

중국은 정부에서 파악할 수도 없을 정도로 국민의 숫자가 많고, 무술의 유파도 많은 나라였다.

그만큼 고수도 많았다. 단지 근육이나 기술의 고수가 아닌, 기를 쓸 수 있는 고수도 많았다.

그런데 많은 스포츠 단체를 총괄하는 체육협회장이 겨우 몇 명의 고수만 안다고 대답을 했다. 체육협회장이 모든 무술가를 아는 것은 아니지만, 명성 높은 고수라면 알고 있을 텐데, 너무 적은 수였다.

이런 상황은 중국의 험난한 근현대사 때문이다.

중국은 청나라 시대와 문화혁명을 거치며 무술의 전통이 많이 끊어졌다.

중국은 전통적으로 이민족이 왕권을 차지한 경우가 많았다. 청나라도 만주의 여진족이 세운 나라였다.

그래서 지배층과 피지배층의 문화가 달랐다.

그리고 무술은 피지배층의 문화였다. 문제는 무술가는 반란의 싹이나 구심점이 될 수 있다는 점이다.

그래서인지 청나라는 반란의 싹이 될지 모르는 무술가를 탄압했다.

유명한 소림사도 청나라가 세워질 때 까칠하게 나갔다가 한 번 불태워졌다.

그때 소림사의 무승들이 피신하며 반청복명의 천지회로 유입되었다는 전설도 있었다. 몇몇 무술 유파는 그 시절에 소림승에게 전수받은 것을 시초로 하고 있기도 했다.

청나라 시대를 지나며 무술가들은 더욱 깊이 숨어들었다.

세상에 모습을 드러낸 문파는 일부일 뿐이었다. 언제 또 탄압이 있을지 모르니 몸을 사리는 것이다.

그리고 청나라가 무너지며 많은 혼란과 내전이 있었다. 중국은 한국의 6.25전쟁 같은 난리를 백 년이나 겪었다. 무수히 많은 사람과 전통이 사라진 시절이었다.

그리고 대륙을 공산당이 차지하게 되었다.

공산주의는 유물론을 내세워 전통이나 문화 같은 것을 부정하는 사상이다.

그래도 공산당이 대륙을 차지할 때는 아직 힘이 부족해 절, 도관, 무술 도장 같은 것을 내버려 두었다.

그리고 저절로 쇠락하도록 출가 같은 것은 봉쇄하는 정책을 취했다.

그러나 공산당의 지배가 공고해지자 극좌 과격파가 움직였다. 극좌파는 어린 학생들을 홍위병으로 만들어 눈에 거슬리던 것을 죄다 쓸어버렸다.

소위 말하는 문화혁명이었다. 극좌파는 어린아이들을 앞세워 온건파를 쓸어버렸다.

정쟁의 수단으로 문화혁명을 일으킨 것이지만, 무술 같은 전통 문화가 유탄을 맞았다. 권력 싸움의 와중에 중국의 많은 전통 문화가 쓸려 버렸다.

무엇보다 극좌파들은 홍위병들에게 가족을 고발하도록 만들었다. 고발이 애국이라고 세뇌된 어린 홍위병들은 조용히 전통 문화를 이어 가는 친척들을 고발했다.

세상에 한발 물러서 조용히 수련하던 많은 무술가가 어린 친척의 고발에 고초를 겪었다.

그리고 문화혁명 당시 많은 절과 도관이 불탔고, 스님과 도사들이 강제로 환속을 당했다.

소림사도 그 와중에 사승이 단절되었다. 소림사의 무승들도 강제로 환속되어 농장이나 공장에 배치되어 노동을 하게 되었다.

그 와중에 많은 무술가들이 해외로 피하거나 더욱 깊이 숨어들었다.

그래서 지금도 많은 문파의 수장이 중국 본토보다는 홍콩이나 대만에 있는 경우가 많았다.

홍콩에서 무협 영화가 꽃피운 것은, 많은 무술가들이 그곳으로 이주했기 때문이다. 홍콩에 온 무술가들이 생계 수단으로 도장을 열어서 무술가들이 많아지고, 무술을 배운 사람이 많다 보니 무협 영화도 나오게 된 것이다.

옛날처럼 소수의 사람들에게만 무술을 가르쳤다면 무협 영화도 나오지 못했을 것이다.

그래도 문화혁명의 광풍이 지나고 나자, 전통 문화를 복원하려는 시도가 있었다. 공산당도 문화 전쟁의 시대임을 알고 전통을 복원하려 했다.

그때가 한창 홍콩의 무협 영화가 세계에 팔려 나가던 시절이었다.

환속해서 노동을 하던 무승들도 소림사로 돌아올 수 있었다.

그러나 이미 노승들은 세상을 떠났고, 전승이 많이 끊어질 수밖에 없었다.

유명한 관광지가 된 문파는 그렇게 복원되었지만, 불완전할 수밖에 없었다. 유명한 만큼 홍위병들이 더욱 철저히 파괴했던 것이다.

이제 중국도 개방을 하면서 분위기가 달라지고 있지만, 아직 무술가들은 본능적으로 정부의 눈을 피하고 있었다.

문화부 부장도 이런 사정을 알지만 체육협회장을 다그쳤다. 복면고수에 대적할 만한 진짜 고수를 찾아내야 했다.

정부의 지시에 체육협회장도 최선을 다하겠다는 대답을 해야 했다.

―알겠습니다. 모든 인맥을 총동원해 알아보겠습니다.

중국하면 쿵푸를 떠올리는 사람이 많다.

그만큼 무협 영화를 세계에 판 것이다.

그런데 비슷한 고수라도 보내 겨루지 못하면 그 명성이 한국에 넘어가게 된다.

중국 사람들의 자존심이 구겨질 수밖에 없는 문제였다.

중국 정부에서는 모든 수단을 동원해 고수 찾기에 나서고 있었다.

그러나 정부의 눈을 피해 숨어 있는 고수가 쉽게 나올 리가 없었다. 개방되기는 했지만 아직 공산당이 지배하는 나라였다.

일본에서도 고수 찾기에 정부가 나서고 있었다.

체육계를 관장하는 문무성에서는 역사가 깊은 도장들을 방문했다.

이제 도장들은 무술을 수련하는 곳이 아닌, 관광자원이었다.

문무성에서는 잘 정리된 도장과 고수 리스트를 가지고 있었다.

일본도 유도, 검도, 공수도로 세계 무술계에 영향이 큰 나라였다. 복면고수를 이기지는 못해도 체면을 세울 정도의 고수는 선보여야 한다는 압박이 있었다.

물론 중국이 날뛰는 것처럼 자존심의 문제도 있었다.

한중일 세 나라는 안 그런 척하면서도 서로를 강하게 의식하는 사이였다.

그런 문제 때문에 문무성의 참사관이 유명한 도장을 순례하고 있었다.

"힘든 겁니까?"

"복면고수의 속도가 문제입니다. 그 움직임은 경공이라고 할 수 있을 정도입니다. 비슷한 속도로 움직이지 못하면 눈뜨고 당할 수밖에 없습니다. 부끄럽지만 저 역시 발경을 할 수는 있지만, 복면고수를 상대할 정도는 아닙니다."

"발경만 해도 대단한 경지입니다. 그런데 관장님께서 복면고수를 상대할 만한 대가를 아십니까?"

"제가 아는 바로는 그 정도 대가는 없습니다. 그래도 유술의 대가는 상대가 가능할지도 모르겠습니다."

"유술이요? 음, 알겠습니다. 그래도 발경이 가능한 고수분들은 조만간 소집이 있을 겁니다."

정부에서 유명한 도장들을 순례하고 있지만 복면고수를 상대할 만한 고수를 찾지는 못했다.

명성이 있는 관장도 발경을 할 수 있는 수준은 되었다. 그것만 해도 대단한 경지지만, 그 정도 경지로는 두 눈 뜨고 당한 격투가들과 큰 차이가 없었다.

그래도 유술은 가능할지도 모른다는 대답을 들었다.

유술은 유도의 원형이었다. 상대의 힘을 받아 흘리고 꺾어 제압하는 무술이었다.

도저히 타격으로는 희망이 없어 보이니 유술을 추천한 것이다.

본래 유술은 조사 대상에 없었다. 타격기를 염두에 두고 조사에 나선 것이다.

일진관 관장이 유술은 복면고수와 대적이 가능할지도 모른다는 추천에, 참사관은 명성 높은 유술 도장을 방문했다.

"일진관의 관장께서 유술은 복면고수와 상대가 가능할지도 모른다는 추천을 받았습니다. 일본의 자존심을 위해 나서 주십시오."

"유술은 모든 공격을 받아 흘리는 것이 오의입니다. 제가 복면고수를 이길 자신은 없지만, 쉽게 지지 않을 자신은 있습니다. 그런데 진검을 받아 흘리는 수련까지도 했지만, 아직 발경을 받아 본 적은 없습니다. 나라의 이름을 걸어야 하는데, 준비 없이 나갈 수는 없습니다."

관리의 질문에 유수관의 관장은 비교적 희망 섞인 대답을 했다.

유술의 특징 때문에 가능한 대답이었다.

그래도 발경을 받아 보지는 못해 확신할 수는 없는지 여운을 남겼다.

"일진관 관장은 복면고수의 속도가 문제라고 지적했습니다. 청경 같은 것이 있다고 하는데, 복면고수가 빠르게 움직인다고 해도 청경으로 느껴 방어하고 반격하는 것이 가능하겠습니까?"

"눈을 감고도 공격을 느껴 반응하는 것은 저와 제자 한 명이 가능합니다. 눈을 감고 내려치는 칼까지 받아 봤습니다."

"대단하십니다. 목숨을 걸고 수련을 하고 계셨군요."

"그래도 발경을 자연스럽게 펼치는 복면고수에게 통할지는 확신할 수 없습니다. 검이라면 목숨을 걸고 나설 수 있는데, 무형인 발경은 자신할 수가 없습니다. 일단 받아 봐야 어느 정도 통할지 말씀드릴 수 있을 것 같습니다."

"음, 알겠습니다. 청경이 가능하다니, 역시 명성 높은 도장입니다."

"그런데 외람된 말이지만, 복면고수를 이길 수 있는 고수는 일본에 없을 겁니다. 그런 실력자가 있다면 제가 모르지는 않을 겁니다. 그리고 과거 본국이 반도를 여러 번 공격했을 때 전해 오는 기록에 따르면, 복면고수 수준의 고수에 대한 이야기가 전해 옵니다. 당시에도 본국에 그 정도 고수는 없다고 분명히 적고 있습니다."

유수관의 관장은 과거 기록까지 들먹이며 쉽지 않다는 뜻을 알렸다.

일본에는 수백 년간 이어 온 가문과 도장들이 많고, 과거 기록도 잘 전해지고 있었다.

그런 기록 중에 조선을 침략했다 겪은 일화도 많이 전해지고 있었다.

임진왜란의 기록은 한국보다는 일본에 더 많이 남아 있었다. 공격에 나선 가문의 기록이 소실되지 않고 내려온 것이다.

그리고 수백 년 세월을 격하고, 과거 조선을 침략했을 때 만났던 수준의 고수가 출현했다. 그때도 일본에 없는 고수가 지금 있을 리가 없었다.

"험험, 그 말씀은 못 들은 것으로 하겠습니다. 일본의 힘을 모으면 분명히 복면고수를 꺾을 수 있을 겁니다. 그런데 검은 어떻습니까? 검이라면 본국이 제일 아닙니까? 복면고수에게 검술 대련을 요청하는 것이 어떻습니까?"

유명한 고수가 자존심까지 굽히며 어렵다고 하자, 관리는 검술 대련의 가능성을 물었다.

사무라이하면 검이었으니, 검술이라면 승산이 있을 수 있다고 생각한 것이다.

"유수관도 근대가 되어 검의 효용이 줄어들자 권을 위주로 수련하게 되었습니다. 본 관도 과거에는 검이 주 무기였습니다. 전통대로 수련한 복면고수도 권보다 검을 더 잘 쓸 겁니다. 그리고 그 정도 수준이면 검기도 펼칠 수 있을 겁니다. 검술 대련은 피하는 것이 좋습니다. 검술 대련을 하면 일본의 검까지 꺾이게 됩니다."

"공의 간언은 위에 보고하겠습니다. 그런데 너무 패배의식에 사로잡히지 않았나 걱정이 됩니다."

"사실을 제대로 알려야 치욕을 줄일 수 있다고 생각해 올리는 충언입니다."

"음~ 그 마음 받겠습니다. 곧 대가분들의 소집이 있을 겁니다. 일본의 힘을 모아 복면고수와의 대결을 철저히 대비하도록 하겠습니다."

일본은 잘 관리되고 조직화된 사회였다. 정부에서는 국내의 일 중에 모르는 것이 없다고 자신하고 있었다. 수만 명의 폭력단원까지 자세한 신상이 정리되어 있는 나라였다.

그리고 일본의 절은 대부분 속세에 있고, 산속에서 수련하는 도인 같은 것은 없는 나라였다.

일본은 금방 자국의 고수 현황과 수준을 파악할 수 있었다.

그러나 복면고수를 이길 만한 고수는 없었다.

그래서 가능성이 있는 고수를 모아 수련을 시킬 계획이었다. 최소한 복면고수의 한 방이라도 막는 고수를 만들려는 것이다.

단지 한 명의 무술가지만, 미국은 복면고수의 등장에 열광하고 있었다.

과거 홍콩 무협이 주름잡던 시절이 다시 되돌아온 것 같았다.

그런 분위기는 미국의 지도층도 마찬가지였다. 이들도 자라면서 무협 영화를 봤고, 동양의 무술에 환상과 호기심이 없을 리가 없었다.

마침 대회 다음 날은 국방부에서 확대 전략 회의가 있는 날이었다. 국방성이 있는 펜타곤에 미국의 고위층들이 모여들었다.

그런데 특수전 사령관이 전역한 예비역 소령 스티븐슨을 불러 회의에 배석시켰다. 혹시 회의에서 복면고수에 대한 말이 나올지 몰라 대비하는 것이다.

펜타곤의 대회의실에 대통령과 비서진, 의회의 국방위 의원들, 장성들, 정보기관의 장들 등의 참석자가 모여 중기 국방 계획에 대한 협의를 하고 있었다.

그러다 역시 복면고수에 대한 말이 나왔다.

그것도 대령통이 말을 꺼냈다. 대통령도 어제 경기 장면을 거듭 보았다. 동영상까지 찾아 수십 번 볼 정도로 흥분했다. 대통령도 호기심을 이기지 못한 것이다.

"그런데 다들 어제 방송을 보셨습니까?"

대통령이 복면고수를 언급하지는 않았지만 무엇을 말하는지 모르는 사람은 없었다.

그래도 대답하기는 애매한 사안이라 다들 눈치를 봤다.

"미군이나 정보요원 중에 그 정도 고수가 있습니까? 그런 고수가 있다면 테러와의 전쟁에서 유용할 것 같습니다."

대통령이 이번에는 국방장관과 CIA 국장을 보며 질문을 했다.

아무리 대통령이라도 개인적인 호기심을 위해 정부 기관의 자원을 사용할 수는 없었다.

그래서 테러와의 전쟁이라는 핑계를 대며, 고수에 대한 정보가 있을 만한 국방장관과 CIA 국장을 보고 질문을 한 것이다.

대통령도 무협 영화에서 얻은 상식은 있어, 미국에 그런 고수가 있기가 쉽지 않다는 것은 예상하고 있었다.

그래도 혹시나 하며 핑계를 대며 묻고 있었다.

미국은 슈퍼 솔져 같은 비밀 프로젝트도 많았고, 요원 양성에 많은 투자를 하는 나라였다. 무술의 전통은 없지만 고수가 있을 가능성은 많은 나라였다.

대통령의 질문에 CIA 국장이 먼저 입을 열었다.

CIA는 세계에서 가장 많은 정보를 가진 기관이었다. 외계인에 대한 기밀도 있는 곳인데, 고수에 대한 정보가 없을 리가 없었다.

"먼저 제가 말하는 고수는 복면고수 정도의 수준은 아닙니다. 그 정도 능력자는 무술가들 사이에서도 전설로 전해지는 수준입니다. 저희 기관이 아시아에서 활동하며 획득한 뛰어난 무술가에 대한 정보가 있습니다. 특히 일본, 한국, 대만의 정부 기관과 교류하며 고수라고 할 수 있는 교관에게 훈련을 받기도 했습니다. 그리고 위협 요인 감시 차원에서 아시아 출신 이민자 중 뛰어난 무술가에 대한 정보도 축적하고 있습니다. 일부 특급 에이전시 중에는 발경을 할 수 있는 고수도 있습니다."

CIA 국장은 듣는 사람이 많은 만큼 모호하게 고수에 대한 정보를 보고했다. 자세한 정보를 듣고 싶으면 기밀 보고를 요청하라는 의미였다.

반세기 동안 일본전, 한국전, 베트남전을 거치며 아시아를 장악하던 미국이었다. 얼마나 많은 정보를 축적했는지 상상이 안 될 정도였다.

거기에 뛰어난 무술가에 대한 정보가 없을 리가 없었다.

특히 한국, 일본, 대만과는 긴밀히 교류하며 고수 급 교관에게 훈련도 받았다.

CIA 국장의 말이 끝나자, 이번에는 국방장관이 자신 있게 나섰다.

특수전 사령관이 국방장관에게 귓속말을 한 영향이었다. 특수전 사령관은 뒷자리에 배석시킨 스티븐슨을 국방부 장관 뒤로 옮기까지 했다.

"저희 국방부도 아시아에서 활동하며 무술 분야에 많은

경험과 정보를 축적했습니다. 해외 주둔지에서는 지역에서 유명한 무술가를 섭외해 꾸준히 기술을 습득하고 있습니다. 그럼 고수 급인 스티븐슨에게 설명을 넘기겠습니다."

미군은 전투력과 정신력을 올리기 위해 병사에게 격투기를 훈련시키고 있었다.

특히 해외 주둔군은 지역 무술가를 초청해 기술을 배우고 있었다. 비전이 빠진 기술일 뿐이지만 한중일 외에도 베트남, 필리핀, 태국 등 아시아 지역의 많은 무술을 배우고 있었다.

이런 방식으로 미군은 세계에서 가장 많은 무술을 배운 집단이 되었다. 미군의 근접 격투 교본은 이렇게 익히 무술의 장점을 모아 개량한 것이다.

그렇게 많은 투자와 시간을 들였으니 한 명쯤은 진짜 고수가 있었다.

스티븐슨은 한국 근무 때, 부대에 초청된 한국인 교관에게 무술을 배우다가 흥미가 생겨 문하생으로 들어가 제대로 배운 경우였다.

그걸 아는 특수전 사령관이 미리 스티븐슨을 수배해 이 자리에 배석시켰다.

이렇게 보스가 말하기도 전에 준비해야 유능하다는 말을 들을 수 있는 것이다. 미리 스티븐슨을 준비한 특수전 사령관은 장관과 대통령의 따듯한 눈빛을 받고 있었다.

"예비역 소령 스티븐슨입니다."

국방부 장관이 자신있게 스티븐슨을 고수라고 소개하자 여러 곳에서 질문이 나왔다. 호기심도 있지만 흠집 내려는 의도도 있었다.

여기서 대통령의 관심이 스티븐슨에게 쏠리면 국방부에 조금이라도 더 예산이 가기 때문이다.

이런 사소한 문제도 파워 게임의 일부였다.

"장관께서 고수라고 소개했는데, 발경을 할 수 있습니까?"

"겨우 가능한 수준입니다. 자세를 정확히 잡고 진각의 기법을 펼쳐야 발경을 할 수 있습니다. 실전에서는 쓸 수 없는 수준입니다."

겸양을 하기는 했지만 스티븐슨은 발경을 할 수 있다고 대답했다.

그러나 조용하던 실내가 웅성거렸다. 그 정도면 영화에서나 나오는 수준이니 고위층들도 호기심을 참지 못하는 것이다.

대통령도 호기심을 참지 못하는지 직접 질문을 했다.

"그래도 기를 느끼고 발경을 할 수 있다니, 대단합니다. 어떻게 익히게 되었고, 기간은 어느 정도나 걸렸습니까?"

"주한미군으로 근무하다가 한국 정부에서 파견한 교관에게 무술을 배울 기회가 있었습니다. 그 교관과 여러 번 대련을 했는데 상대가 되지 않았습니다. 그러다가 제대로 배우고 싶어서 그 교관의 문하에서 십 년간 노력을 했습니다."

"복면고수와 같은 나라에서 배웠군요. 그런데 십 년이라니, 미군이나 정보요원에게 가르치기는 어렵겠군요."

"네. 고수를 양성할 수 있었다면 한국이나 일본에서 벌써 시도했을 겁니다. 그리고 고수라고 해도 총알을 피하지는 못합니다. 비용 대 효과 면에서 추천드릴 수는 없습니다."

"역시 복면고수라도 총알을 막지는 못하겠군요. 그럼 다시 회의를 진행합시다."

대통령은 주변의 시선이 있어서인지 미군이나 정보요원에게 가르치기는 어렵다며 말을 끝냈다. 호기심을 전투력 증진을 위한 조사로 포장해 마무리한 것이다.

그래도 소득은 있었다. 발경이 가능하다는 스티븐슨을 알게 된 것이다.

그런데 CIA 국장은 회의 내내 인상이 좋지 않았다. 국방부에 밀렸다고 생각한 것이다.

그렇다고 발경이 가능한 특급 에이전시를 대통령에게 데려올 수도 없었다. 스티븐슨이 예비역이기는 해도 소령 출신이라 회의의 배석자로 대통령 앞에 나설 수 있었다.

회의가 끝난 후, 스티븐슨은 특수전 사령관과 함께 백악관의 호출을 받았다.

CIA 국장은 스티븐슨과 특수전 사령관이 백악관에 들어갔다는 정보에 더욱 인상을 구겼다.

대통령의 관심을 받아 특수전 사령부에 더 많은 지원이 있을 것으로 예상하는 것이다.

스티븐슨을 책임자로 비밀리에 무술 고수를 양성하는 프로젝트가 시작될 수도 있었다.

그런 프로젝트와 예산이 CIA가 아니라 국방부로 넘어간 것이다.

얼굴을 찌푸리고 있던 CIA 국장은 NSA 국장에게 전화를 걸었다.

전파와 통신을 감청하던 NSA는 최근 작전국을 만들어 직접 타격전도 벌이고 있었다.

이제는 CIA보다 NSA의 더 파워가 세고, 작전도 많이 벌이는 형편이었다. 테러와의 전쟁은 국방부의 특수전 사령부와 NSA가 주도하고 있었다.

그래도 적의 적은 친구이니, 이번 건에는 NSA 국장과 손을 잡으려고 전화한 것이다.

—어쩐 일이십니까?

"특수전 사령관과 스티븐슨이 백악관에 들어간 것은 아시겠죠?"

―온 세상이 떠들썩하니 보스도 호기심이 생기지 않겠소?

"테러와의 전쟁으로 인해 소수의 특수전 병력에 대한 수요가 많아지고 있소. 국방부에서 스티븐슨을 보스에게 들이밀며 뭔가 추진하지 않겠습니까?"

―그런 프로젝트가 가능했다면 아시아 국가가 먼저 했을 겁니다. 아이를 최고의 사립학교에 보낸다고 해도 꼭 아이비리그에 들어간다고 장담은 못하는 겁니다. 그리고 고수가 되는 것은 더욱 힘들지 않겠습니까? 국방부에서도 그걸 모르지 않을 텐데, 실패할 일을 추진하겠습니까? 그냥 보스의 호기심이나 채워 주고 부스러기라도 챙길 겁니다.

"으음, 알겠소."

NSA 국장은 CIA 국장의 손을 잡지 않았다.

NSA는 원래 감청 기관이었다. 특수요원보다는 슈퍼컴퓨터를 더 선호하는 기관이었다.

그런 NSA가 불확실한 고수 양성 프로젝트에 관심을 가질 리가 없었다.

무술의 고수를 요원으로 만드는 것은, 역시 특수전 사령부나 CIA가 맡아야 할 프로젝트였다.

그런데 스티븐슨의 등장에 그 프로젝트가 특수전 사령부로 가게 된 것이다.

CIA 국장은 뭔가 상황을 역전시킬 것을 찾고 있었다.

고수와 정보요원이라는 단어를 연결시켜 뭔가 작품을 만들어 대통령의 흥미를 끌어야 했다.

CIA 국장의 고민은 깊어 갔다.

"아까는 회의 중이라 소홀했네."

"아닙니다. 그런 중요한 회의를 참관할 수 있어 영광이었습니다."

대통령은 스티븐슨을 불러 환담을 나누고 있었다.

스티븐슨의 옆에서는 특수전 사령관이 떨어지는 먹이를 노리는 눈빛으로 조용히 앉아 있었다. 무술의 고수를 모으고 양성해 최고의 특수팀을 만들라는 지시를 기다리는 것이다.

그런데 지금 대통령은 억지로 흥분을 참고 있었다. 대통령의 청소년기는 무협 영화가 판을 치던 시절이었다. 청소년기에 꿈꾸던 고수를 알게 됐으니, 60에 가까운 나이와 대통령이라는 직책도 소용없었다.

그래서 대통령은 스티븐슨에게 시연을 부탁했다.

"무술의 고수에게 이런 부탁을 하면 안 된다는 것은 알지만, 한 번 발경을 볼 수 있겠습니까? 복면고수의 동작은 너무 빠르고 평범해 보여 실감이 나지 않았습니다."

"그럼 잠시 실례하겠습니다."

대통령의 부탁에 스티븐슨은 자리에서 일어나 낮은 자세

로 마보를 섰다.

힘을 모으려는 것이다.

그로서는 아직은 이렇게 정확한 자세를 잡아 힘을 집중시켜야 발경이 가능했다.

그리고 마보를 서던 스티븐슨은 앞으로 내밀고 있는 양손을 부드럽게 좁혔다 늘렸다 했다.

마치 아코디언을 연주하는 듯했다. 양손 사이에 스프링이나 고무라도 두고 눌렀다 폈다 하는 것 같았다.

우웅~

그렇게 양손을 좁혔다 폈다 하는데 조금씩 대기가 울렸다. 양손 사이의 공간에서 아지랑이도 일어났다.

줄였다 늘였다 하는 스티븐슨의 양손은 더욱 탄력있게 흔들렸다. 양손을 고무 밴드로 연결해 늘였다 줄였다 하는 것 같았다.

그러다 갑자기 오른손을 앞쪽으로 쭉 뻗었다.

손에 쥔 무언가를 던지는 듯한 포즈였다.

그리고 분명 빈손을 앞으로 던졌는데 반응이 있었다.

팡~!

무언가가 공간을 흔들며 폭발이 있었다. 실내에 있는 사람들은 그 파동을 느낄 수 있었다.

갑작스런 큰 진동에 백악관의 경호원들이 들썩거렸다.

밖에서도 진동을 느낀 것 같았다.

실내에서 스티븐슨의 시범을 지켜보던 경호원이 통신을 하고서야 소란이 가라앉았다.

"대단하군요. 엄청난 위력이었습니다. 그게 항아리에 담긴 물을 흔드는 발경이군요."

무협 영화에 단골로 등장하는 것이 항아리에 담긴 물을 튀어 오르게 하거나, 반대편에 구멍을 내는 장면이었다.

대통령은 발경의 파동을 느끼며 그 장면이 어떻게 가능한지 알 수 있었다.

"후우~ 네. 이게 기를 손에 집중시켜 타격을 하는 발경입니다. 부끄럽지만 아직 실전에서는 쓰지 못하는 수준입니다."

"그런데 발경은 진각으로 하는 것이 아닙니까? 소령의 시범은 조금 다른 것 같습니다."

"문파마다 기를 다루는 방법에 차이가 있습니다. 제가 배운 문파에서는 기를 탄력있는 고무처럼 쓰고 있습니다."

"그렇군요. 그런데 한국의 고수에게 배웠다고 했는데, 혹시 복면고수를 아십니까? 신상을 숨기기 위해 복면을 썼지만 문파 정도는 짐작하고 있지 않습니까?"

"저도 그게 궁금해 한국의 마스터에게 전화를 했는데, 모른다는 대답을 들었습니다. 아직 진짜 고수들은 산에서 수련을 하며 모습을 드러내지 않습니다. 비유하자면 복면고수는 평생 수도원에서 수행만 하는 수도사이고, 보통 고수는 교회에서 목회를 하는 성직자 같은 경우입니다. 수도원에서 수행만 하는 수도사가 더 강하고 신상도 알려지지 않는 겁니다."

"성직자와 수도사…… 알기 쉬운 비유입니다. 그러면 복면고수를 미국에 초청할 수는 없겠군요."

"초청도 어렵고, 신상이라도 드러나면 다시는 보기 힘들 겁니다. 그 정도 고수라면 어려서부터 산에서 수련만 했을 겁니다. 이미 대회를 연 목적은 이룬 셈이니, 너무 소란스러우면 그냥 산으로 돌아갈 것이라 생각됩니다."

"그렇겠군요. 그런데 일반 고수라고 해도 상당히 강한데 왜 격투기 대회 같은 곳에 나오지 않는 겁니까? 요즘 격투기 세계도 돈과 명예를 얻을 수 있지 않습니까?"

"일단 제 수준으로는 격투가와 싸워 꼭 이긴다고 할 수는 없습니다. 발경을 성공시키면 한 방에 끝나겠지만, 그전에 저도 한 방에 끝날 수 있습니다. 제가 소총을 가졌다면 격투가도 권총을 가진 셈입니다. 소총이 사거리와 파괴력이 강하긴 하지만, 맞추지 못하면 권총에 당할 수가 있습니다. 그리고 발경을 할 수 있을 정도의 고수는 아까 비유한 대로 성직자입니다. 일반인 곁에서 살지만 돈이 아니라 명예와 신을 위해 헌신합니다. 필승의 자신감도 없고, 돈에 욕심이 있는 것도 아니라서 격투 대회 같은 곳에 관심이 없는 겁니다."

스티븐슨은 발경의 시범을 보이기 위해 약간의 준비 단계가 필요했다. 그런 수준이니 실전에서 발경을 쓸 수는 없었다.

그래도 스티븐슨의 경지 정도면 손발에 기운이 실려서 꽤 강한 타격을 줄 수 있었다.

물론 그것은 프로 격투가들도 마찬가지다. 프로라면 제대로 한 방이 걸리면 상대를 쓰러뜨릴 수 있었다.

스티븐슨은 소총과 권총이라는 비유로 이런 상황을 대통령에게 설명했다.

"소총과 권총이라? 소령은 정말 설명에 재주가 있군요. 아주 쉬운 비유입니다. 그럼 복면고수는 저격총 정도입니까? 아주 멀리서 쏘니 권총을 가지고는 이길 가능성이 없겠군요."

"복면고수 정도면 전차입니다. 총을 가지고는 절대 이길 수 없습니다."

"그런데 복면고수는 어떻게 그렇게 빠르게 움직이는 겁니까? 그게 경공입니까?"

"경공이기도 하고, 아니기도 합니다. 복면고수가 빨리 움직이는 것은 다리까지 기를 보낼 수 있어서입니다. 발경을 위해 주먹에 기를 집중시키는 것처럼, 발에도 기를 보내면 그렇게 빨리 움직일 수 있습니다. 그런데 제 마스터의 설명으로는 진짜 고수는 영화처럼 하늘을 날아다닐 수 있다고 합니다. 제 마스터의 마스터가 그런 경공을 펼칠 수 있었다고 합니다. 복면고수가 대회에서는 진짜 경공을 선보이지 않은 셈입니다."

"정말 영화에서 보던 것이 상상만은 아니었군요."

"저도 부대에 온 교관의 발경을 경험하고 전역을 결심했습니다. 발경이 사실이라는 것을 겪으니, 배우지 않을 수가 없었습니다."

지금 서양인들이 복면고수에게 열광하는 것은 상식적으로 불가능한 힘을 보였기 때문이다.

동양에서는 기라는 것이 문화에 깃들어 있어, 복면고수의 경지를 의외로 쉽게 받아들이고 있었다. 산에서 수련하던 도인이 내려왔네 하는 정도였다.

그러나 서양 사람들에게는 복면고수의 경지는 과학으로는 설명할 수 없는 수준이었다. 복면고수의 존재 자체가 지금까지의 가치관을 파괴하고 있었다. 뭐라 설명할 수 없으니 더욱 열광하고 있는 것이다.

스티븐슨도 말로 설명할 수 없는 교관의 발경을 접하고, 군을 떠나 무술을 배울 결심을 한 것이다.

"십 년이라니, 정말 고생했겠군. 그런데 한국에는 그런 고수가 많습니까?"

"제가 판단하기에 발경의 고수는 50명, 복면고수 수준은 20명이 넘지는 않을 겁니다."

"소령께서 그쪽을 잘 알아서인지 숫자가 구체적이군요. 그런데 어떤 기준입니까? 그 많은 고수를 직접 만난 겁니까?"

"제가 외국인이라 다른 문파의 사람들을 만날 기회가 없었습니다. 마스터도 저를 제자로 받아 약간 어려움을 겪었습니다. 제가 고수의 숫자를 예상한 것은 한국의 지형 때문입니다. 한국은 큰 산을 중심으로 문파가 분포하고 있습니다. 제가 있는 문파가 있는 산에 몇 개의 문파와 고수가 있는지는 알고 있어서, 다른 산에도 비슷한 수가 있다고 가정한 겁니다. 제가 아는 고수의 숫자와 한국의 큰 산의 숫자를 고려하면 그 정도 숫자가 나옵니다. 혹시 복면고수를 추적하시려면, 먼저 그자의 근거지가 어느 산인지부터 알아야 합니다."

스티븐슨의 입에서 한국 도맥의 비밀이 흘러나왔다.

모호한 정보이지만 이 정도만 해도 핵심을 찌르고 있었다.

스티븐슨이 비록 문파의 비전을 지키겠다고 서약했겠지만, 이런 정보는 문파의 비밀도 아니었다.

스티븐슨이 문파의 제자이기도 하지만 역시 미국인이었다. 문파의 비전만 아니라면, 미국에 이익이 되는 정보를 거리낌없이 제공할 만한 미국인이었다.

이런 사정을 짐작해 다른 무술가들이 스티븐슨을 꺼려한

것이다.

그러나 미국의 입장에서는 스티븐슨은 핵심 정보원이었
다.

대통령도 스티븐슨의 설명에 바로 핵심을 깨달았다.

"역시 문파와 고수는 당연히 산에 있겠군요. 타당한 추
측입니다. 좋은 정보를 제공해 감사합니다. 미국의 정책을
결정하는 데 소령의 정보가 유용하게 쓰일 겁니다."

"조국에 도움이 되었다니, 저도 기쁩니다."

호기심을 충족한 대통령이 치하의 말을 했다.

그리고 이제는 뭔가 토해 내야 할 때였다. 대통령이라고
해도 먹은 것이 있으면 나오는 것도 있어야 했다.

"제임스 사령관님."

"네, 대통령님."

"고수와 내공이라는 것이 세상에 드러났습니다. 미래를
위해 기와 내공에 대한 연구가 필요합니다. 그리고 고수로
구성된 최고의 팀도 필요합니다. 세계 최강의 미군에는 당
연히 최고의 팀이 필요합니다. CIA와 FBI에서 국내의 고
수에 대한 정보를 공유해 고수를 모으고 양성해 최고의 팀
을 만드십시오. 수련하는 데 십 년도 넘게 걸린다고 하지
만, 그래도 팀 정도는 구성할 수 있을 겁니다."

"알겠습니다. 고수로 구성된 최고의 팀을 만들도록 하겠
습니다."

대통령은 특수전 사령부에 무술의 고수로 구성된 팀을 만들라는 지시와 권한을 주었다.

오랜 시간과 예산이 필요한 프로젝트였다.

기라는 것을 볼 수도 측정할 수도 없으니, 과거라면 진행할 수 없었을 것이다. 세금을 그런 허황된 곳에 낭비한다고 의회에서 먼저 예산을 없앨 것이다.

그러나 복면고수의 등장으로 인해 이제는 의회에서 그런 고수를 양성하라고 재촉할 것이다.

그리고 그 프로젝트는 특수전 사령부에 배당이 되었다.

CIA 국장의 우려는 정확한 것이었다. 프로젝트와 예산은 기관의 힘이었다.

CIA 국장의 전화를 받은 커트너 NSA 국장도 생각에 잠겨 있었다. 사실 커트너 국장도 복면고수에 대해 고민하고 있었다.

물론 복면고수의 존재 자체는 미국 정부가 움직일 사안은 아니었다.

그리고 커트너 국장은 복면고수를 단지 스포츠 스타로 생각하고 있었다.

미국에서는 무술도 스포츠였다. 미국인들도 복면고수가 아주 강한 챔피언이기에 열광하는 것이다.

동양에서 농구나 골프 황제 같은 존재가 나왔다고 하여,

정부가 나설 사안은 아니라고 여기고 있었다.

그리고 커트너 국장은 고수라는 것이 국방에 필요하지도 않다고 생각하고 있었다.

고수라고 해도 총알을 피하거나 막을 수는 없기 때문이다. 고수에게 총이 통하지 않았다면, 구식 총을 가진 유럽이 중국과 아시아를 장악하지는 못했을 것이다.

그런 의미에서 복면고수라고 해도 자동화기를 가진 병사보다 강하지는 않았다.

커트너 국장은 정보요원으로서도 고수는 필요 없다고 생각하고 있었다. 양성하기도 힘들고, 007이 필요한 세상도 아니었다.

그러나 세상이 복면고수에 열광하고 있었다.

국민들의 열광은 단지 전투력이나 효율로 따질 수 있는 문제는 아니었다. 국민이 열광하니 흐름을 따라야 했다.

그런 면에서 보면 복면고수의 등장은 세계의 흐름을 바꿨다고 할 수 있었다.

커트너 국장도 복면고수라는 변수가 일으킨 세계의 변화를 고민하고 있었다.

당장 헐리우드에 타격이 있을 것이다. 헐리우드에서 무협 영화를 만들기는 어려웠다. 문화 전쟁에서 서양이 밀린다는 의미다.

그리고 경제적인 문제는 정치적인 파급력에 비해서는 사

소한 것이다.

우선 한국이라는 나라에 힘이 실릴 것이다.

한국이라는 나라가 있는지도 몰랐을 미국인들이, 복면고수의 나라인 한국에 관심을 가질 것이다.

그리고 동아시아 문제에 대해 한국의 관점에서 바라볼 것이다. 그런 관심과 관점은 정부의 정책에도 영향이 미칠 것이다.

이제 일본보다 한국을 더 가까운 동맹으로 대해야 할 수도 있었다. 국민이 그렇게 원하면 해야 하는 것이 정부와 의회였다. 이스라엘이 중동에서 막나갈 수 있는 것은, 미국인들이 종교적인 이유로 지지하기 때문이다.

그리고 당장 의회에서 고수로 구성된 팀을 만들라고 움직일 것이다. 특수전 사령부는 스티븐슨을 앞세워 고수 양성 프로젝트를 선점했을 것이다.

NSA에는 그런 고수가 없으니 다른 방향으로 뛰어야 했다. 몸이 아니라 머리를 써야 했다.

그런데 이제 중국은 미국의 가장 큰 적이 되고 있었다.

커트너 국장은 복면고수라는 변수로 떠오르는 중국에 일격을 먹일 작전을 구상하고 있었다.

'동양, 특히 중국은 체면을 중시하지. 복면고수를 이길 고수가 없다면 중국의 자존심이 크게 꺾이겠지. 내가 봐도 복면고수는 정말 강해 보였어. 그리고 중국의 고수를 꺾을 자신이 없었다면 애당초 나오지 않았겠지. 그럼 복면고수를 통해 중국을 꺾어 놔야겠군. 나라의 자존심이 짓밟히면 보이지 않는 후유증이 크지. 그럼 먼저 신변 보호부터 해야겠군. 중국이라면 이길 자신이 없으면 저격이라도 해서 구겨진 자존심을 지키려 하겠지.'

NSA 국장은 서양인답지 않게 동양, 특히 한중일 3국에 정통했다. 커트너 국장도 군인 출신으로서 한국과 일본에 주둔한 적이 있기 때문에, 동아시아 국민의 미묘한 마음을 잘 알고 있었다.

그래서 복면고수의 존재로 중국에 타격을 줄 방안을 생각해 낼 수 있었다.

커트너 국장은 동아시아 팀장을 불러 자신의 구상을 알려 주었다. 복면고수를 활용해 중국의 자존심을 꺾는 작전을 세우라고 지시했다.

그리고 복면고수의 신변 보호를 지시했다. 이 작전에는 복면고수의 존재가 필수였다. 당분간 복면고수를 과도한 관심으로부터 지켜야 했다.

NSA는 최고의 정보기관이라는 명성이 어울리는 작전을 금세 만들어 냈다.

복면고수라는 도구로 미국의 강적으로 떠오르는 중국을 무릎 꿇릴 작전을 기획한 것이다.

조직도 사람처럼 성격이 있었다.

CIA는 음모를, FBI는 질서를, 육군 정보기관인 DIA
는 섬멸이 조직의 성격이었다.
　그리고 NSA는 기술이 본질이고, 작전도 무인 폭격기나
소수의 팀을 활용하는 소프트한 편이었다.
　그래서 테러와의 전쟁에서 기술 중심인 NSA가 가장 힘
있는 기관이 된 것이다.
　그런 NSA가 복면고수를 활용한 소프트한 작전을 꾸미
고 있었다.

　다음 날, NSA 국장은 기획서 초안을 가지고 백악관으
로 들어갔다.
　"무슨 일인가요? 또 테러 정보라도 있습니까?"
　"아닙니다. 복면고수를 활용해 중국 국민의 자부심을 꺾
는 작전을 구상해 봤습니다. 먼저 복면고수가 중국의 고수
를 이길 자신이 없었다면 나서지 않았을 거라는 전제에서
기획한 작전입니다."
　"흠, 중국의 자부심의 꺾는다라? 복면고수도 중국의 고
수를 고려했을 테니, 이길 자신이 없었다면 공개적으로 나
서지는 못했겠죠."
　"보스도 동양 문화를 잘 아실 테니, 한중일 3국 간의 자
존심을 아실 겁니다. 중국에서 복면고수를 이길 고수가 없
다면 크게 체면이 구겨질 겁니다. 국가에 대한 자부심과 애

국심은 체제를 유지시키는 근본입니다. 자부심이 꺾인다면 보이지 않는 후유증이 클 겁니다. 특히나 중국 같은 다민족 국가라면 국가 분열을 걱정해야 할 정도입니다. 부수적으로 관광 분야 같은 경제적 타격도 받을 겁니다. 우리는 언론을 활용해 복면고수와 중국 고수의 대결의 관심을 높이고, 중국을 조롱하며 자부심을 짓밟아야 합니다."

"음~ 좋은 계획이군요. 세계는 경제 전쟁뿐만 아니라 문화 전쟁도 벌이고 있습니다. 중국의 소림사를 지워 버릴 수 있다면 그만큼 좋은 것도 없겠죠. 필요한 자원은 모두 지원하겠으니 작전 팀을 구성하십시오."

"최고의 연출을 보여 드리겠습니다. 그런데 우선 복면고수의 신상과 신변 보호를 시작해야 합니다. 중국이나 일본에서 복면고수를 이길 고수가 없다고 판단을 내리면 극단적인 선택을 할 겁니다."

"필요한 자원은 모두 동원하십시오. 전쟁 없이 중국의 심장을 도려낼 기회이니, 주한미군의 자원도 동원하십시오. 복면고수도 등 뒤의 칼과 날아오는 총알은 막을 수 없으니 실수가 없도록 하십시오."

"완벽한 작전을 펴도록 하겠습니다."

대통령도 동양 문화에 대한 이해가 깊어, 이 작전의 중요도를 이해하고 있었다. 그래서 커트너 국장에게 전권을 실어주었다.

미국에서는 복면고수를 활용해 중국의 심장을 도려내기로 했다.

중국과 일본에서 극단적인 선택을 할지도 모르는 상황에서 그나마 정수에게는 다행스런 일이었다.

그러나 사실 이 작전으로 정수는 더 위험해지게 되었다. 미국의 개입으로 중국의 고수가 대회에 나올 수밖에 없기 때문이다.

2
세계의 반응

和瘤手遇西山

避踊行路藏以錢之 避踊行路藏以錢之

春秋六十有二其年 春秋六十有二其年

辭此下方齟乾他方辭 辭此下方齟乾他方

墓 墓

冰潤二年　巳廿一日 冰潤二年　巳廿一日

路賢人同鬼神而為 路賢人同鬼神而為

薨失遇西山之 薨失遇西山之

50

한편, 정수를 아는 사람들은 복면고수의 정체를 눈치채고 있었다.

"아! 정수구나. 저 정도 젊은 고수가 또 있을 것 같지는 않아. 근데 무슨 생각으로 저렇게 나선 거지?"

정수가 경기장을 울리는 진각을 펼치자 송 노인은 바로 정수라고 생각했다.

모든 수도자를 아는 것은 아니지만, 젊은 고수는 드물기 때문이다.

그래도 복면고수의 솟구친 눈썹 때문에 정수라는 확신은 없었다.

아직은 의심일 뿐이다.

"음, 내 부적술을 펼치는 것도 아니니 내가 뭐라고 할
수는 없는 일이겠지. 그런데 천상검께서 어떻게 처리하실지
걱정이군. 비전을 드러낸 것은 아니니, 폐관 정도로 하시겠
지. 그런데 내가 정수를 부추겼다고 욕을 먹을까 걱정이
군."

송 노인은 정수의 스승 격인 천상검을 떠오르자 걱정이
들었다.

비전을 공개적으로 드러내는 것은 금기였다.

송 노인은 자신의 후계자이기도 한 정수를 천상검이 벌
할지 걱정이었다.

그런 걱정까지 하는 것을 보면 복면고수가 정수일 가능
성을 높게 생각하는 것 같았다.

TV에서 나오는 환호성을 들으며 송 노인의 주름은 더욱
깊어져 갔다.

정수를 가르친 정씨도 경기를 시청하고 있었다.

"역시 정수네. 그런데 내공이 저렇게 많았나? 내게도 제
실력을 보이지는 않았구나. 그런데 저런 광대짓을 하고 싶
을까? 역시 젊어서 그런가?"

정씨도 역시 복면고수를 정수라 의심하고 있었다.

모습이야 복면과 변용술로 감췄지만, 천왕문의 보법과
정수의 기질이 빤히 보였다.

같은 사문이라 정씨는 복면고수의 미묘한 자세와 동작을 한눈에 알아챘다.

그리고 정씨는 정수가 광대처럼 보여 마음이 불편했다. 자신이라면 도저히 할 수 없는 행동이었다.

그래도 정씨가 할 수 있는 일은 없었다. 정수가 천왕문의 장문이고, 실력도 높았고, 돈도 많았다.

사형으로서 충고는 할 수 있지만, 외문 제자로서 장문인의 행동을 막을 수는 없었다.

"에이, 알아서 하겠지. 그래도 이번 기회에 확실히 아파트를 받아 내야겠군. 아파트가 있으면 꼬리 치던 김 양이 완전히 넘어오겠지."

외문제자인 자신의 처지를 다시 깨달은 정씨는 돈이라도 뜯기로 했다.

지리산 자락의 한옥집에서 두 노인도 방송을 보고 있었다.

"쯧~ 쯧!"

"아니, 저놈은 어디 놈이야? 스승이나 주변에서 단속도 안 하는 거야?"

"그래도 정말 제법인데? 서른을 넘지 않은 것 같은데 벌써 소성을 넘었어."

방송을 보는 두 노인도 고수인 것 같았다. 정수의 경지에 놀라기보다는, 스승을 탓하고 경지를 논하고 있었다.

"그래도 저러면 안 되지. 세상모르고 천둥벌거숭이처럼 날뛰는 것 같은데, 우리라도 나서야지."

"저렇게 날뛴다는 것은 스승이 없다는 의미야. 중간에 배우다가 하산했을 수도 있지. 조금 큰 사고를 치기는 했지만, 다른 문파의 제자까지 간섭할 수는 없지."

"그래도 저렇게 공개적으로 내공을 드러냈잖아."

"내공을 드러내기는 했지만 비전을 쓰지는 않았고, 사람을 상하게 하지도 않았어. 차라리 배우다 하산해서 조직 두목을 하는 놈들이나 혼내 줘야지."

"그래도 아닌 것은 아니지."

"그런데, 어디 같나?"

"뿌리를 일부러 숨기려 한 티가 나는데, 저 실력이면 소문의 속리산 아이인가?"

"무골은 아니라고 하던데, 그 아이가 유명한 것이 좌도의 비전을 많이 이어서 그런 것 아닌가? 음부귀도 거길 기웃거린다고 하던데."

"천하의 음부귀도 후계를 걱정할 나이가 되었나?"

"귀신도 나이가 들면 죽어야지."

"좌도는 그래도 맥이라도 잇는데 우리는 어떻게 하나?"

"제자들이 있잖아."

"그 정도야 제자라고 할 수도 없지. 비전은 잊혀지고 잡기만 이어져 퇴색되겠지."

"세상이 그런데 어쩌겠나? 하여간 저놈 사문은 조사해야 겠네. 누군지는 알아 놔야 할 것 아닌가. 저런 놈이 또 사고치기 마련이야."

"다른 욕심이 있는 건 아니고?"

"무슨 욕심이 있다고?"

"그 속리산 아이에게 좌도의 노인네들이 아주 설설 긴다고 들었어. 제발 익혀만 달라고 비전과 법보를 바치고, 선물도 주고 아주 난리래."

"허허, 세상이 거꾸로 돌아가는구나."

"그래도 한 번 쓱 보면 술법에 입문하니, 좌도의 늙은이들도 어쩔 수 없었겠지."

"ㅎㅎㅎ, 음부귀도 그런 꼴을 당했는데, 나도 어쩔 수 없지. 어디 아이인지는 모르지만, 그렇게라도 해야지. 그런데 음부귀가 말년에 그런 꼴을 당했다니 아주 우스워. 그놈이 제자에게 굽실거리는 꼴은 상상이 안 돼. 그런데 그놈 요즘 어디 있나? 가서 속이나 긁고 와야겠군."

"그놈이야 어디 공동묘지에 있겠지. 하여간 일단 수소문이나 해 보자고. 누가 저런 아이를 키웠는지 정말 궁금하네."

"어디 고아라도 데려와 산속에 붙잡아 두고 키웠겠지. 그러니 저렇게 세상물정 모르고 난리지. 어서 찾자고."

한국에는 아직 많은 도맥과 무맥이 전해지고 있었다. 후계자 양성이 점차 어려워지고 있지만, 노인들은 아직 많이 남아 있었다.

그런 노고수들이 실력을 보인 정수를 찾고 있었다.

물론 제재를 하려는 것이 아니라 딴생각이 있는 것이었다.

대회를 주관하는 최 변호사는 요즘 화장실도 못 갈 정도로 바빴다.

세계가 복면고수에게 열광할수록 일거리가 쏟아졌다.

"나이키에서 단발 계약에 3천만 불을 제시했습니다. 그 정도면 스포츠 황제들보다 몇 배나 높은 금액입니다. 지금 대기실에서 기다리고 있습니다."

"장난해? 겨우 3천만 불? 돌려보내. 아직 시간이 많으니 다른 곳과 경쟁을 붙여."

"네. 그런데 복면고수께서 나이키 신발을 신으면 좀 그렇지 않습니까?"

"세상에 상표 없는 신발은 없잖아. 무엇을 걸쳐도 상표는 있는 세상이야. 기회가 왔을 때 바짝 벌어 놔야지."

제일로펌에 세계의 유명한 회사들과 신문 방송 관계자들이 몰려들고 있었다.

대회의 주관사인 고수기획은 페이퍼 컴퍼니였다. 공연

기획사와 홍보 대행사도 용역일 뿐이었다.

사람들은 제일로펌이 복면고수의 배후에 있다는 것을 금방 파악할 수 있었다. 복면고수와 연결되어 있고, 정체를 알고, 계약의 권한이 있는 곳은 제일로펌이었다.

기자들은 제일로펌 앞에 긴 벽을 만들고 무차별적으로 취재를 하고 있었다.

세계적 회사들은 광고를 위해 제일로펌을 찾았다.

세계 최대 시장인 미국에서 복면고수는 슈퍼 히어로 수준의 존재가 되고 있었다.

그리고 요즘 세상은 유명세가 곧 돈이었다.

나이키에서는 재빨리 3천만 달러를 베팅해 복면고수가 나이키 신발을 신도록 움직였다.

물론 최 변호사는 다른 곳과 경쟁을 붙여 최대한 높은 가격을 받을 생각이었다.

"그리고 나이키에서 복면고수의 복면과 옷과 상표에 대한 라이선스도 요구하고 있습니다."

"그건 상표권 팀에 연락해 계약을 맺도록 해라. 짝퉁이 무수히 나올 텐데, 그런 건 서둘러 계약해서 로열티라도 건져야지."

"네, 라이선스는 상표권 팀에 넘기겠습니다."

최 변호사가 오덕의 기질을 보이긴 했지만, 일류 법률가로서 제대로 일하고 있었다.

정수가 입고 신던 것들은 모두 계획된 상품이었다.

복면고수라는 이름과 캐릭터 디자인, 복면과 한복도 새로 상표와 저작권 등을 여러 나라에 출원한 상태였다.

물론 옷과 복면도 위탁 생산해 엄청나게 팔아치우고 있었다.

물론 인기가 있으면 짝퉁이야 당연히 생기니, 가급적 라이선스를 맺어 로열티도 챙기고 있었다.

의류 스포츠 분야를 담당하는 보조 변호사가 나이키에 대한 지침을 받고 물러가자, 다음 변호사가 다가왔다. 또 세계적인 회사에서 방문한 것이다.

역시 유명세와 언론의 관심이 곧 돈인 시대였다.

"세계적인 완구 회사인 실버릿, 하트만, 골네스티키젤사에서 방문했습니다. 다른 곳도 오는 중일 겁니다."

"복면고수의 캐릭터, 인형, 장난감 때문이겠지."

"네. 우리가 캐릭터 상품을 만들 능력은 없으니, 완구 회사와 라이선스를 맺어야 할 것 같습니다."

어린이 완구 시장도 상당한 규모였다.

여러 캐릭터를 가지고 있는 디즈니의 경우는 완구 회사로부터 매년 막대한 로열티를 받고 있었다.

아이들과 청소년들이 복면고수에 열광하고 있으니 완구를 만들면 많이 팔릴 것이다. 미국의 어린이들이 복면고수 인형을 하나씩만 구입해도, 로열티에 깔려 죽을 수도 있었다.

"국내 완국 업체 중에 세계적인 회사가 있으면 밀어 주겠는데, 아쉬워. 국제 계약 팀에 보내 계약하도록 하게. 이 대회를 오래할 수는 없으니, 가급적 빨리 생산하는 방향으로 하도록 지시하게."

"네, 한 달 내에 미국 시장에 복면고수 인형이 깔릴 수 있도록 하겠습니다. 그런데 마블에서도 왔습니다. 어떻게 하시겠습니까?"

마블 사라면 여러 슈퍼 히어로를 만든 매거진이었다.

복면고수를 주인공으로 슈퍼 히어로 만화를 만들려고 문의하는 것이다.

그런데 마블 사의 슈퍼 히어로는 철저히 미국적 영웅이었다. 동양인이 슈퍼 히어로가 된다는 것은 상상도 안 되는 일이다.

그러나 워낙 파괴력이 큰 복면고수의 등장에 마블 사에서도 찾아온 것이다.

"한국인 슈퍼 히어로라?"

최 변호사는 잠시 생각에 잠겼다.

마블에서 복면고수로 히어로 만화를 만든다면 어떨지 상상하는 것이다.

"악당보다는 히어로가 낫겠지. 미국은 가지지 못하면 악당으로 만드는 나라니 어쩔 수 없지. 한국인 히어로가 미국

어린이에게 주입된다면 국익에도 좋겠지. 마블 사에 한국이라는 국적과 정의의 히어로라는 점은 반드시 지키도록 계약하게. 돈이야 다른 곳에서 많이 버니 돈보다는 그 점과 스토리 감수권을 요구하게. 어디 시간 남는 팀을 보내게."

"네, 복면고수를 정의의 히어로로 만들어 보겠습니다."

히어로의 수명은 길다.

한 번 히어로로 만들면 수십 년은 우려먹을 수 있었다.

최 변호사는 한국의 히어로를 미국 어린이들에게 주입할 기회라 생각해 과감히 계약하도록 지시했다.

이제 쿵푸나 닌자 대신에 복면고수가 동양의 히어로로 등극할 것이다.

그리고 회계사가 다가왔다. 정수와의 세금 미팅에 참석한 회계사라 팀에 남겨 두고 관리를 하고 있었다.

그리고 회계사인만큼 가장 돈 되는 계약을 맡기고 있었다.

바로 방송 중계권과 경기장 내의 광고였다.

소규모 이벤트는 입장료 수입이 크지만, 올림픽이나 월드컵 같은 경우는 중계권과 광고가 주 수입이었다.

큰 이벤트에서 입장료 수입은 푼돈에 불과하다. 수만의 관중보다는 수억의 시청자가 돈이 되는 것이다.

"세계의 주요 방송사는 모두 접촉해 오고 있습니다. 홍보 대행사가 처리할 수준이 아닙니다. 그리고 서둘러 계약해야 합니다. 방송 중계에는 준비가 필요합니다."

"그럼 일주일 후에 입찰하는 것으로 공고하게. 올림픽이나 월드컵 중계처럼 대륙이나 나라별로 하나의 방송사만 선정하는 것으로 하지. 그러면 가격이 더 오르겠지."

"다음 경기도 포함하는 겁니까?"

"이제는 대회를 언제까지 열 수 있을지 확신할 수 없으니 건당 해야지. 열기가 너무 높아 이제 예측할 수가 없어. 입찰 조건으로 고수님의 신상이 드러나거나 예기치 못한 사태로 취소할 수 있으니, 그때는 배상 없이 취소하는 조건을 꼭 넣게. 금액이 큰 만큼 예기치 못한 사태에 철저히 대비해야지."

"만약의 사태에 대비하는 조항을 꼭 넣도록 하겠습니다. 그리고 경기장 광고에 대한 문의도 많습니다."

"아직 스타디움의 경기장 디자인이 끝나지 않았으니 나중으로 미루게. 경기장 디자인을 확정하면 광고판의 크기와 숫자가 정해지겠지. 그것도 일주일 전에 입찰한다고 공고하게."

"네, 그렇게 추진하겠습니다."

이제 '복면고수를 이겨라'는 세계적 관심이 모이는 이벤트였다. 단발성이기는 하지만 워낙 인기가 높으니, 서구권 나라에서는 방송 중계권을 1억 불에 입찰할지도 몰랐다.

최 변호사는 돈을 갈퀴로 긁는 수준을 넘어, 불도저로 퍼

담고 있었다.

　제일로펌은 기존 진행하는 일 외에 새로운 의뢰를 받지 못하고 있었다.

　로펌을 둘러싼 기자의 벽을 뚫고 와서 상담할 용기를 가진 의뢰인은 없었다.

　그러나 제일로펌의 전체 변호사와 직원들은 화장실 갈 시간도 없이 바빴다.

　세계적인 회사들이 복면고수라는 캐릭터를 이용하기 위해 방문하고 있었다.

　제일로펌은 한국에서만 유명하지 세계 법률 시장에서 보면 중소기업이었다. 세계적인 회사들을 고객으로 두지도 못했다. 한국에도 대기업이 많지만 다들 자체 법무팀이 있었다.

　그러나 이제 세계적인 회사들이 제일로펌의 로비와 대기실이 터지도록 방문하고 있었다.

　이들과 상담하고 계약하기 위해 변호사와 직원들은 집에 갈 시간도 없었다.

　그중 가장 바쁜 것이 최 변호사였다. 복면고수와 연결되고 모든 권한을 가지고 있는 변호사이기 때문이다.

　게다가 최 변호사는 정수를 아는 네 명의 사람만 데리고 모든 일을 처리하고 있었다.

그래서 지침만 내리며 제일로펌의 다른 변호사에게 상담과 계약을 넘겨주고 있었다.

비밀 유지를 위해 다섯 명으로만 많은 일을 처리하느라 다들 지쳐 있었다. 다른 변호사에 계약을 넘겨주고 있어도 최종 확인은 이들이 해야 했다.

팀원들의 책상에 검토할 계약서들이 높이 쌓여 갔다.

물론 정수야 이런 일이 벌어지는 것을 몰랐다.

지난번에 최 변호사가 내민 위임장과 서류들에 싸인 만 했을 뿐이다.

최 변호사가 복면고수 캐릭터로 이렇게 많은 계약을 하고 돈을 긁어모으고 있는지 몰랐다.

이제 부적으로 버는 돈은 푼돈이 되고 말았다.

최 변호사의 눈에 팀원들의 피곤에 찌든 모습이 보였다. 이쯤에서 과감히 당근을 제시해야 한다는 생각이 들었다.

"다들 지금 얼마나 벌고 있는지 알지? 힘들더라도 조금만 더 노력하자고. 이번 일만 끝나면 모두에게 백 억씩 보너스를 주도록 하겠네."

"백 억이요?"

"보너스를 많이 준다는 의미가 아니라 정말 백 억을 준다는 겁니까?"

"모든 계약에 로펌이 10% 수수료를 받고, 그걸 로펌과 우리 팀이 반씩 나누잖아. 5%인데 500억이 안 될까? 복면고수께서도 돈에 연연하는 분은 아니니, 부족하면 내가 건의해 백 억을 채워 주도록 하지."

로펌은 따로 사주가 있는 것이 아니라 변호사들의 연합 체였다. 책임 변호사의 팀이 수익을 얻으면 로펌과 반씩 나누는 체제였다. 이런 구조라 수임을 많이 받는 변호사의 수입이 더 많게 된다.

"이 추세대로면 가능할 수도 있겠습니다. 오히려 더 많을 수도 있겠습니다. 그리고 일 년만 버는 것도 아니고, 로열티는 매년 나오는 것이 아닙니까? 매년 못해도 수십억은 받을 수 있겠습니다."

계산 빠른 회계사가 최 변호사가 제시한 금액보다 더 많을 수도 있다는 말을 했다.

그러자 다들 눈앞에 백억이 보이는 것 같아 눈이 빛났다.

"그런데 내가 왜 백억을 운운한지 알겠지? 복면고수 님의 신상이 드러나면 이 일도 끝이야. 여러 압박이나 회유가 있겠지만, 백억과 매년 들어오는 수십억을 포기하지 말게."

"네, 알겠습니다."

"꿈속에서도 비밀을 지키겠습니다."

"그리고 한동안은 가급적 회사 숙소에서 지내게. 기자들도 드세지만, 물불 안 가리는 놈들이 있을 수도 있어."

"네, 알겠습니다. 조금만 고생하면 재벌이 되는데, 좀 더 고생하겠습니다."

"전 벌써 야전 침대를 준비해 두었습니다."

"저는 시험을 준비할 때 석 달 동안 안 씻은 적도 있습니다. 걱정 마십시오."

엄청난 당근에 팀원들은 로펌에서 살겠다는 각오를 다졌다. 로펌에 근무하는 인재들이지만 백억이라는 당근에 넘어갈 수밖에 없었다.

최 변호사는 엄청난 당근으로 팀원들의 군기를 잡았다.

그리고 고개를 돌려 등 뒤에 있는 액자를 흐뭇한 표정으로 바라봤다.

액자에는 손자국이 난 철판이 들어 있었다. 정수가 내려쳐 손자국이 난 철판은 최 변호사의 보물이 되어 있었다.

정수가 일으킨 바람은 세계를 흔드는 폭풍이 되고 있었다.

그리고 그 폭풍은 다시 한국으로 돌아오고 있었다.

시간이 지날수록 복면고수 열풍은 더욱 뜨겁게 타오르고 있었다.

첫 대회뿐이라면 벌써 열기가 식었겠지만, 곧 두 번째 대회가 열리기 때문이다.

다음 대회가 다가올수록 더욱 불타오를 수밖에 없는 일정이었다.

그리고 미국의 주요 언론도 끊이지 않고 기사를 내고 있었다.

그런데 미국의 언론들은 다음 대회에서 복면고수를 대적할 상대로 중국의 쿵푸를 주목하고 있었다.

물론 쿵푸가 이기리라는 예상은 드물었다.

과연 쿵푸의 고수가 복면고수의 공격을 한 번이라도 막을 수 있을지 논하는 기사들이었다.

그래도 서로 중요한 무역 파트너이고, 중국의 위상과 중국 기업의 광고도 있으니 일정 선을 넘는 기사는 내지 않아야 했다.

그러나 NSA가 움직였는지 '소림사는 뭐 하냐?'라는 자극적인 제목의 기사가 도배되며 중국의 자존심을 후벼 팠다.

'소림사와 무당파도 짝퉁인가?'라는 제목의 기사가 이어지며 쿵푸의 실체와 중국 특유의 허풍을 질타했다.

상처 입은 짐승이 있으면 달려드는 것이 언론이었다.

NSA가 조금씩 방향을 잡아 주자 언론들은 하이에나처럼 중국 무술계의 약점을 파고들었다.

이것은 단지 신문 판매와 시청률을 높이려는 수준이 아니었다. 중국의 정신이 담긴 쿵푸를 공격해 중국인이라는 자부심을 무너뜨리려는 작전이었다.

당연히 중국은 이런 기사와 방송에 크게 반발했다.

그러나 흐르는 강물을 막을 수는 없었다.

중국이 반발할수록 기사와 방송은 더욱 거칠게 달려들었다.

이제 복면고수의 문제는 중국 체육계의 수장인 문화부 부장의 손을 떠나게 되었다. 중국도 미국 정부에서 언론을 조장한다는 눈치챈 것이다.

미국 정부가 움직였다고 생각되자 중국도 정부가 나섰다. 곧 복면고수 때문에 중국의 정치국 상임위 특별 회의가 열렸다.

중국은 주석과 총리 등을 포함한 9인의 상임위원들이 운영하는 나라였다.

아무리 복면고수의 등장이 놀랍기는 해도 상임위원들의 회의에서 논의될 만한 일은 아니었다.

그러나 세계가 중국을 주시하고 있으니, 상임위원들까지 복면고수에 대한 대책을 논의하게 되었다.

그만큼 미국의 언론이 자존심을 깊이 후벼 팠고, 중국도 뼈아프게 느낀 것이다. 쿵푸는 중국이 결코 포기할 수 없는 아이콘이었다.

먼저 주석이 배석한 문화부 부장에게 질문을 던졌다.

"부장, 복면고수를 상대할 고수는 찾았나?"

"발경을 능숙하게 펼칠 고수를 20여 명이나 찾았습니다. 그런데 두 가지 문제가 있습니다."

"찾았으면 됐지 무슨 문젠가? 피를 흘려도 회복할 수는 있지만, 정신이 꺾이면 끝이야. 다음 대회에 출전시켜 세계에 쿵푸의 위대함을 증명하게."

"죄송합니다. 말씀드린 대로 두 가지 문제가 있습니다. 우선 최강의 고수를 출전시킨다고 해도 승리를 장담할 수 없습니다. 여러 고수들의 의견으로는 복면고수의 실력이 예상보다 높다고 합니다. 그리고 두 번째로 본국의 고수들은 나이가 많습니다. 비슷한 연배가 아니면 이겨도 이긴 것이 아니게 됩니다."

"복면고수의 나이가 많지 않아 보이던데, 노고수가 승리를 장담할 수 없을 정도인가?"

"화면을 보셨겠지만, 경기장 바닥이 파도처럼 출렁일 정도였습니다. 노고수도 그 정도 위력을 보일 수는 없습니다."

"복면고수가 팔극권처럼 진각을 중요시하는 문파일 수도 있잖은가? 각력이 강하다고 전체적인 실력이 높다고 할 수는 없는 것 아닌가?"

의외로 총리가 쿵푸에 대한 식견이 있는지 진각 문제를 거론했다. 문파에 따라 손이나 발에 특화될 수도 있다는 논리였다.

"그래도 하나를 보면 열을 안다고, 노고수도 승리를 장담할 수는 없다고 합니다."

"그럼 그만두게. 노고수가 패한다면 돌이킬 수 없네."

"네, 주석님."

패할 수도 있다는 말에 주석은 노고수의 출전을 막았다. 노고수가 패한다면 겨루지 않은 것보다 못한 상황이 되는 것이다.

주석은 상임위원들을 둘러보며 입을 열었다.

"아직 국내에 은거하고 있는 문파나 고수들이 많을 겁니다. 상임위원들께서도 인맥을 총동원해 젊은 고수를 찾아 주십시오. 이건 중국의 정신이 걸린 일입니다."

주석은 공식적으로 상임위원들에게 고수를 찾으라고 지시했다.

이제 일개 정부 부서가 아니라 중국 전체가 움직일 것이다. 상임위원들의 인맥과 정부도 움직이겠지만, 인민해방군과 정보기관도 움직이게 된다.

군과 정보기관이라면 고수라는 존재와 연결된 줄이 많이 있을 것이다.

그때 다른 선택을 하자는 의견이 있었다. 공안과 사법기관을 관장하는 강 위원이었다.

"찾아본다면 국내에 복면고수를 상대할 고수가 있을 겁니다. 그러나 노고수도 승리를 장담할 수 없는 상대입니다. 차라리 요원을 보내는 것이 어떻습니까? 한동안 시끄럽겠긴 하겠지만 금방 잊혀질 겁니다."

승리를 장담할 수 없으니 암살을 하자는 말이었다. 한동안 시끄럽겠지만 금방 잊혀지는 것도 사실이었다.

상임위원들은 요원을 보내자는 말에 흥미를 보였다.

젊은 고수를 찾는 일이 쉬울 리는 없었다.

이미 2회 대회에서 복면고수를 꺾을 가능성은 없었다.

중국이 복면고수를 암살했을 것이라 짐작하겠지만, 소란을 누를 힘도 있었다.

"이건 중국의 정신이 걸린 일입니다. 우리는 이미 복면고수의 등장으로 인해 상처를 입었습니다. 한데 그런 식으로 처리하면 정신에 입은 상처가 백 년은 넘게 갈 겁니다. 미국의 언론은 단지 그 상처를 후벼 파는 겁니다. 상처를 치료하려면 당당히 복면고수를 꺾어야 합니다. 젊은이가 없다면 노고수라도 보내서 당당히 쿵푸의 위력을 보여야 합니다."

잠시 고민하던 주석은 이미 정신에 상처를 입었다는 말로 암살을 선택하지 않았다. 이미 상처를 입었고, 치료하려면 당당히 꺾어야 한다는 말이었다.

"고견입니다. 이미 쿵푸가 최고라는 자부심에 상처를 받았습니다. 암살을 한다면 세계에 퍼진 쿵푸 도장이 문을 닫게 될 겁니다."

상임위원들도 주석의 의견을 지지했다. 암살은 쉬운 선택이지만 악수가 될 수도 있었다.

정말 방법이 없다면 어쩔 수 없겠지만, 아직은 시간이 있었다.

그때, 진각을 언급하며 쿵푸에 식견을 보였던 총리가 입을 열었다.

"복면고수라는 한 명에게 대중화가 선제공격을 당한 셈입니다. 무엇보다 주도권이 복면고수에게 있는 것도 문제입니다. 대국인 우리가 찾아가서 도전해야 하는 모양새입니다."

"총리께서 좋은 의견이 있으십니까?"

"자국의 아픈 기억 때문에 무술가들이 숨어 있는 것도 문제입니다. 그들에게 안전과 명예를 보장하면 찾지 않아도 저절로 모일 겁니다."

"어떤 방법입니까? 과거의 혼란이 아니라도 무술가들은 비밀도 많고 드러나는 것을 꺼리지 않습니까?"

"모두 아시는 방법입니다. 바로 우리가 비무대회를 개최하는 겁니다. 참가 기준을 최소한 발경으로 하는 비무대회를 여는 겁니다. 열 명을 뽑아 십왕이라는 별호와 부귀를 약속한다면 숨어 있는 고수들이 나올 겁니다. 복면고수가 설치고 있으니, 무술가들도 우리의 의도를 의심하지는 않을 겁니다. 우리가 비무대회를 열면 쿵푸의 위력을 만방에 과시하고, 복면고수에게 빼앗긴 흐름을 가져올 수 있을 겁니다."

"무술가들은 비전을 지키기 위해 금기가 많지 않습니까?

한데 그들이 공개적인 비무대회에 나오겠습니까?"

"이미 복면고수의 등장으로 새로운 질서가 생겼습니다. 이미 파악한 고수만으로도 세계를 열광시킬 비무대회를 개최할 수 있을 겁니다."

총리는 비무대회라는 카드를 빼 들었다.

격투기 대회 같은 수준이 아니라, 진짜 고수들이 모이는 비무대회였다.

총리의 말대로 그 정도 수준은 되어야 복면고수가 주도하는 흐름을 가져올 수 있었다.

총리의 제안에 주석도 마음이 움직였다.

무엇보다 주도권을 가져온다는 점이 마음에 든 것이다. 중국에서 수준 높은 비무대회를 열면 굳이 복면고수를 이길 필요가 없는 것이다.

대다수 상임위원들이 찬성을 했다. 그동안 난데없이 등장한 복면고수의 등장에게 내내 끌려가는 기분이었는데, 비무대회라는 말에 모두의 고민이 풀렸다는 표정이었다.

"음, 제갈량에 비견할 만한 지혜입니다. 세계가 익히 아는 소림사에서 비무대회를 열도록 합시다. 십왕에게는 문파를 열 수 있도록 지원을 하고, 전국인민대표 명의로 현판을 내리도록 합시다. 비무대회는 총리께서 추진해 주십시오."

"복면고수에게 쏠린 세계의 시선을 비무대회로 가져오도록 하겠습니다."

정수가 일으킨 격랑에 중국은 비무대회라는 카드로 반격하고 있었다.

중국은 넓고 사람이 많은 만큼 권력 구조도 복잡했다.

당연히 공산당 내에서도 수많은 파벌이 있었다.

그래서 9인의 상임위원이 집단 지도 체제로 나라를 운영하는 것이다. 주석이라도 각 상임위원이 맡은 업무에 간섭할 수 없고, 해고할 수도 없었다. 말 그대로 집단 지도 체제였다.

대표적인 공산당 내의 파벌은 태자방, 상해방, 공청단이었다.

태자방은 공산당 원로들의 자녀들이었고, 상해방은 경제성장을 이끈 연안 출신들이었으며, 공청단은 엘리트 관료들이었다.

세 파벌이 상임위원과 중요 보직을 나눠 가지고 있었다.

그리고 상해방은 주로 경제부서를, 태자방은 군과 정보기관을, 공청단은 행정부를 본거지로 삼고 있었다.

성향도 달라 암살을 주장한 상임위원은 태자방 출신이고, 비무대회라는 아이디어를 낸 총리는 상해방이었다. 주석은 안정과 균형을 중요시하는 공청단 출신이었다.

그런데 암살하자는 의견이 주석에게 거부를 당했다.

직접 말하지는 않았지만, '최악의 선택일 수도 있다' 는 말로 비난도 들은 셈이었다.

반면에 총리의 비무대회라는 의견은 모두의 지지를 받았다.

굳이 고수를 보내 복면고수를 이기지 않아도 자존심을 세울 수 있는 이벤트였기 때문이다. 대단한 고수가 나오기라도 하면 더 바랄 것이 없었다.

암살하자는 의견으로 태자방까지 망신을 당한 셈이지만, 반전의 카드는 있었다. 태자방은 군과 정보기관에 뿌리를 둔 만큼 숨겨진 힘이 많았다.

사법부서의 수장인 강 위원에게는 여러 무력 조직이 있었다.

강 위원은 공안부서의 특임조장을 호출했다.

"부르셨습니까?"

"비무대회 소문은 들었지?"

"네. 이미 초안이 회람되고 있습니다. 발경 급 고수는 무조건 참가시키라는 내용입니다."

"비무대회야 총리가 이벤트를 위해 여는 것이고, 진짜 문제는 복면고수야."

"암살입니까?"

"주석이 거부했네. 이제 미국을 누르고 비상할 시기니 당당히 이기고 싶은 것이겠지."

"제가 생각해도 쉽지 않을 겁니다. 특임조를 움직입니까?"

"그건 다른 방법이 실패했을 때 선택하겠네. 그래도 경기장 위에서만 이기면 되는 것 아닌가? 자네도 소도회를 알겠지?"

"네. 전통이 있는 폭력 조직 아닙니까?"

"그래. 자네 말대로 전통이 깊은 조직이지. 그런데 소도회에는 천루라는 조직이 있네. 반청복명 활동을 할 때부터 있던 조직으로, 암살을 위한 무공을 익힌 자들이지. 복면고수가 고수이기는 하지만 살인술을 배우지는 않았을 거야. 이기면 더할 나위 없이 좋겠지만, 진다고 해도 실력을 가늠할 수는 있겠지. 자네가 가서 내 뜻을 전하도록 하게."

"어르신의 뜻을 소도회에 전하도록 하겠습니다."

중국에는 조직원 수가 수만이 되는 폭력 조직도 많았다. 가족을 고려하면 수십만이 폭력 조직과 연관되어 있었다.

그런 폭력 조직을 정부가 모를 리는 없었다. 다만 건드리기에는 문제가 많으니 놔두는 것이다.

우두머리만 없애면 항쟁으로 혼란이 생기고, 뿌리를 뽑으려면 만 단위를 교도소로 보내야 했다.

그리고 뿌리를 뽑아도 얼마 후 새로운 폭력 조직이 생길 뿐이었다.

그런 이유로 중국 정부에서는 일정한 선을 그어 놓고, 본보기를 가끔 보이며 폭력 조직들을 관리하고 있었다.

그리고 폭력 조직에 목줄은 채워 두고, 가끔 은밀한 일에 이용하고 있었다.

이들을 외부 에이전시로 활용하는 것이다.

전 세계의 차이나타운과 폭력 조직은 중국의 첩보 거점과 요원인 것이나 마찬가지였다.

그리고 중국 정부는 폭력 조직을 첩보뿐만 아니라 무력이 필요할 때도 이용하고 있었다. 정부가 나서기는 어려워도 이들에게는 일상인 일이었다. 협박과 폭력은 이들의 전문 분야였다.

그런 폭력 조직 중 하나인 소도회는 암살 무술의 전통이 아직 이어지는 조직이었다. 총이 널린 세상이지만, 은밀한 일처리도 필요하기 때문이다.

그런 천루가 강경파인 강 위원의 지시로 복면고수를 노리게 되었다.

세월의 흔적이 보이는 중국식 대청에 십여 명의 사람들이 둘러앉아 있었다. 사람들의 나이와 성별은 다양했다.

겉모습만 봐서는 가족이 모인 것으로 보였다.

그러나 가족의 모습과는 어울리지 않게 냉막한 기운만 흐르고 있었다.

마침 가장 연장자로 보이는 노인이 입을 열어, 이들의 관계를 알 수 있었다.

"공안의 비선에서 찾아왔네."

"복면고수 때문입니까?"

노인의 말에 장년인이 바로 말을 받았다.

노인의 말을 끊고 장년인이 나선 것은 자신이 맡겠다는 의미였다.

요즘 공안에서 이들에게 의뢰할 만한 일은 복면고수밖에 없기 때문이다. 장년인이 기다리던 기회이기도 했다.

이들이 바로 소도회 암살 조직인 천루였다.

소도회는 반청복명의 기치를 내걸던 천지회의 한 자락을 이은 조직이었다.

지금이야 폭력 조직일 뿐이지만, 선조의 전통은 이어지고 있었다. 필요하기도 했지만 천지회의 적통을 이었다는 자부심에 아직 암살 조직을 유지하고 있었다.

청나라가 무술가들을 탄압하자, 많은 고수들이 반청복명의 천지회에 모여들었다.

그리고 체제를 전복하려니 당당한 무술보다는 암살 기술이 만들어지고 계승되었다.

그러나 처음의 뜻도 차츰 흐려지고 천지회도 붕괴되었다.

그리고 그저 살아남기 위해 힘을 사용하고 있었다. 음지에서 힘을 사용하다 보니 처음의 뜻이 어떻든 지금은 그저 폭력 조직일 뿐이었다.

그러나 천루는 소도회의 자존심이었다. 이들이 없다면 소도회도 그저 평범한 폭력 조직일 뿐인 것이다.

소도회의 조직원들은 자신들이 천지회의 적통을 이었다는 것을 자랑스럽게 여기고 있었다. 그래 봤자 폭력 조직일 뿐이지만, 그런 자부심이 소도회의 힘이었다.

"맞네, 복면고수에 대한 의뢰네."

"의외군요. 그냥 저격수 한 명 보내면 되는 것 아닙니까?"

장년인 옆에 있던 청년이 저격을 언급했다.

가장 쉬운 선택이기 때문이다.

그러자 장년인이 암살자답지 않게 화를 내었다.

"5호는 자부심도 없나? 차라리 외면하고 말지, 저격이라니?"

"1호도 승산이 없어 보이는데, 국내에 다른 고수가 있겠습니까?"

"정면에서는 힘들지 모르지만, 우리는 살수야. 탈출이 문제지, 암살하는 것은 저기 8호도 가능할 거다. 1호, 제가 맡겠습니다."

"흐흐, 자부심 운운하더니……."

"나는 살수의 무공을 익혔다. 살수라면 살수답게 겨뤄야지. 이게 내 자부심이다. 1호, 제가 복면고수를 처리하겠습니다."

"왜 저격수가 아니라 우리에게 의뢰했겠나? 복면고수를 경기장에서 없애라는 지침이네."

"그건 좀…… 그래도 방법은 많으니, 제 목숨을 걸고 처리하겠습니다."

정면 대결이라는 말에 장년인은 주춤거렸다.

그래도 목숨을 걸겠다며 의욕을 보였다. 순수한 비무가 아닌 암살이라면 정면에서도 방법은 많았다.

그러나 1호라 불린 노인은 아까 빈정거렸던 청년을 보며 입을 열었다.

"그래서 5호가 가야겠다."

"전 싫습니다. 그런 괴물을 정면에서 어떻게 이깁니까?"

"이기는 것이 아니라 죽이는 것이다. 이 차이를 알겠지? 절혼침을 가져가라."

"거부할 수 있는 겁니까?"

"중국뿐만 아니라 세계가 지켜보고 있다. 살수로서 이만한 의뢰를 받은 것은 영광이다. 나이 문제만 아니라면 내가 갔거나 3호를 보냈을 것이다."

"절혼침으로 죽인다고 해도 복귀는 어떻게 합니까?"

"현대 과학으로도 절혼침을 찾을 수는 없다. 살수를 쓴 것이 문제겠지만, 대국의 영웅을 감히 소국에서 잡아 둘 수는 없을 거다. 정부에서 손을 쓰겠지. 그리고 정부에서 비무대회를 연다는데, 5호는 양지에서 소명후로 살아가라."

"어떻게 되든 다시 돌아오지는 못하겠군요. 그럼 꼭 복면고수를 없애고 영웅으로 살겠습니다."

"13억의 자부심은 태산과 같고, 너 하나의 목숨은 깃털처럼 가볍다. 세계가 지켜보고 있다. 마음껏 실력을 자랑해서 의심이 남지 않도록 해라."

"알겠습니다. 그럼 형제들께 마지막 인사를 드리겠습니다."

앞으로 소명후로 살아야 하는 천루 5호는 물건을 챙겨 상해로 떠났다.

소명후는 5호의 여러 신분 중 무술가로 행세하던 위장이었다. 상해 인근에 집과 허름한 도장도 있었다.

세계의 기자들이 소명후의 뒷조사를 해도 티끌조차 발견할 수 없는 신분이었다.

그래서 1호도 굳이 소명후라는 이름을 말한 것이다.

'후후~ 평생 음지에서 피 냄새만 맡을 줄 알았는데, 이런 기회가 왔군. 내세울 절기로는 절혼침을 쓰기 쉬운 압천장이 좋겠군. 기다려라, 복면고수! 나 소명후가 간다. 흐흐흐.'

복면고수를 죽이기 위해 한국으로 가는 비행기 안에서 소명후는 괴소를 흘렸다.

자신감이 있는 것이다. 미세한 절혼침에 찔리면 천하의 고수라도 심장이 멈춘다.

암기로 무장한 암살자가 한국으로 오고 있었다.

"하압!"

쉬익~!

날카로운 기합 소리와 함께 서슬이 퍼런 검이 공간을 갈랐다.

그런데 공간을 가르는 검의 궤적에는, 무릎을 꿇고 있던 사내의 목이 있었다.

게다가 무릎 꿇고 있는 사내는 검은 천으로 눈을 가리고 있었다.

이 시대에 참수가 벌어지고 있었다.

곧 처참한 광경이 벌어질 것이다.

그런데 상황과 맞지 않는 장면도 있었다. 사내의 두 손과 발은 묶여 있지 않았다. 사내의 손은 무릎에 가지런히 놓여 있었다. 묶여 있지 않으니 도망갈 기회는 있었다.

그러나 이미 내려친 검이 사내에게 떨어지고 있었다. 피할 희망은 없었다. 팔이라도 뻗어 목 대신 검을 막기라도 해야 했다.

눈이 가려진 사내도 검이 공기를 가르는 소리를 들었는지 손을 뻗었다. 역시 손으로라도 검을 막으려는 것 같았다. 목숨 대신 손이었으니 남는 장사이기는 했다.

위잉~!

그런데 사내의 손과 검이 만나자 이상이 생겼다.

검의 궤적이 틀어지며 사내의 머리를 스치고 지나간 것이다.

어느새 사내의 손이 교묘히 검면에 얹혀 있었다.

눈을 가린 상태에서 검이 오는 것을 느끼고, 정확히 검면을 받아 궤적을 바꾼 것이다.

그리고 머리를 스치는 검을 따라 사내가 자연스럽게 일어서며 검수에게 접근했다.

검수는 검의 궤적이 바뀌며 검의 통제를 잃어 대응하지 못했다.

검면을 손으로 흘리며 접근한 사내는 상대의 검자루까지 잡게 되었다.

휘익~

콰당!

사내의 손이 검자루를 잡는 순간, 갑자기 검수가 허공을 날아 바닥에 떨어졌다.

유술이었다. 검을 흘리며 접근해 검수까지 제압한 기술은 유술이었다.

그리고 보니 바닥도 다다미로 된 것이, 이곳은 일본식 도장이었다. 주변에서 이 광경을 지켜보는 참관자들도 있었다.

"으음~"

참관하던 무술가들은 자기도 모르게 신음성을 내었다.

목숨을 건 수련이었다. 수련의 일환이었지만 검을 휘두른 검수는 한 치의 망설임도 없이 유술가의 목을 노렸다. 유술가가 실수라도 했다면, 도장 바닥을 피로 물들였을 것이다.

그런데 아직 수련이 끝나지 않은 것 같았다.

여전히 눈을 가린 채 묵묵히 서 있는 유술가를 향해 도복을 입은 건장한 장년인이 접근했다.

방금 목숨을 건 수련을 마쳤지만 유술가는 미동도 없었다. 검을 흘리는 수련은 그저 극도로 집중하기 위한 준비운동이었다.

이제 본 수련을 해야 했다.

"후우읍~"

흰 도복을 입은 건장한 사내는 권법가인지 맨손이었다. 장년의 권법가는 천천히 숨을 고르며 힘을 모았다.

"하압!"

그리고 도장을 흔드는 기합을 지르며 화살처럼 튀어 나가 주먹을 내질렀다.

주먹의 끝에는 유술가가 있었다.

우웅~!

몸을 던지듯 쏘아지는 주먹에 공기가 울렸다.

발경이 실린 것이다.

그러나 진각의 기법은 없었다.

몸을 활처럼 휘었다 튕겨 나가며 일점에 집중하는 것이, 이 무술가만의 발경 비법이었다. 튕겨 나가며 일점에 힘을 집중하는 권격이니 필살기와 같은 공격이었다.

스으윽~

콰아앙!

유술가는 발경이 실린 주먹이 다가오자, 이번에는 부드럽게 손으로 원을 그렸다. 유술가의 원과 권법가의 직선이 교차했다.

직선이 원을 만나자, 사선으로 변했다. 권을 흘린 것이다.

공간을 울리던 기경도 부드러운 원의 흐름에 연기처럼 흩어져 갔다.

그러자 화살처럼 날아오던 무술가도 균형을 잃고 도장 바닥에 처박혔다.

모든 힘을 동화시키는 화경이었다. 유술가는 화경의 경지를 선 보인 것이다.

휘청~!

그러나 화경이 아직 완전한 것은 아닌 것 같았다.

유술가도 온몸을 던지듯이 튕겨 온 권법가의 힘을 완전히 흘리지 못했는지, 반대 방향으로 밀려나며 휘청거렸다.

"후우우~"

유술가는 밀리던 몸을 바로 하며 천천히 호흡을 내쉬었

다. 칼날처럼 예민하게 끌어 올린 신경을 가라앉히는 호흡이었다.

몇 번의 호흡으로 예민한 신경과 마음을 가라앉힌 유술가는 안대를 풀었다.

짝짝짝! 짝짝짝! 짝짝짝!

그제야 참관인들도 박수로 경의를 표했다. 다들 나이가 지긋하고 명성이 자자한 무술가들이지만, 박수로 경의를 표하고 있었다.

"오오카미 공은 일본의 희망입니다."

"대단합니다."

"볼 때마다 마음이 떨리는 수련입니다."

유술가인 오오카미는 살짝 고개를 숙여 참관인들에게 인사를 하고, 바닥에 쓰러진 권법가에게 시선을 돌렸다.

"수련을 도와주어 감사합니다."

"아니네. 이 나이에 모든 힘을 쏟을 기회가 생겨 젊어지는 기분이네."

오오카미는 바닥에서 일어나는 흰 도복을 입은 장년인에게 감사의 인사를 올렸다.

이미 여러 번 자신의 화경에 의해 도장 바닥을 굴렀지만, 개의치 않고 수련을 도와주는 것에 인사를 하는 것이다. 나이와 명성이 있는 권법가임에도 바닥에 구르는 패배를 반복하는 것에 감사를 하는 것이다.

"그런데 가네마로가 보이지 않는군요. 한국에 간 겁니까?"

"어려서부터 죽어도 물러나지 말라고 가르쳤으니 어쩔 수 없지. 복면고수의 진짜 실력을 볼 수 있는 기회가 될 수도 있지."

"가네마로라면 패한다고 해도 일본의 정신을 보여 줄 수는 있을 겁니다."

"그놈도 이제 다 컸으니 알아서 하겠지. 그리고 이제 검을 받는 것은 그만두게. 쉬운 것을 반복하는 것은 수련이 아니네."

"알겠습니다. 여러 어르신의 가르침을 받다 보니 어느새 검이 무섭지 않게 되었습니다."

"하하! 좋아. 난 좀 쉴 테니, 이제는 오자와 공의 가르침을 받게."

"네, 감사합니다."

오오카미는 30대에 이미 유술의 극의에 올라 있었다. 내려치는 검을 받는 것은 이미 익숙한 일이 되어 있었다.

그리고 일본 전국에서 모인 고수들의 발경을 받아 보며 경지를 한층 더 높이고 있었다.

복면고수를 상대하기 위해 명인들은 기꺼이 오오카미의 수련을 돕고 있었다.

평소라면 이런 고수가 모일 수도 없고, 서로 수련을 도울 수도 없었다.

하지만 복면고수의 등장 덕분에 오오카미는 마음껏 고수들의 발경을 받아 볼 수 있었다.

발경을 받아 보는 수련으로 화경도 점차 익숙해지고 있었다.

노고수들이 오오카미에게 힘을 쏟는 것은 복면고수를 이길 자신이 없기 때문이다.

그래도 평생을 수련한 명인들이라 복면고수가 어느 정도 경지인지 짐작들은 하고 있었다.

그리고 오오카미에게 희망을 발견해 노고수들이 아직 모여 있는 것이다. 희망이 없다면 각자의 도장으로 돌아가 배를 가르든지 제자들에게 죽음의 수련을 시키고 있었을 것이다.

오오카미는 눈을 가린 상태에서 노고수들이 온 힘을 다한 발경을 받아 내고 있었다. 복면고수의 경지가 아무리 높고 빨라도, 오오카미라면 받아 낼 수 있다는 희망을 본 것이다.

일본 정부도 희망이 없다면 극단적인 선택을 할 것이다.

하나 아직은 오오카미라는 희망의 끈이 있는 일본이었다.

그리고 발경에 입문한 젊은 가네마로가 있었다.

젊은 나이에 발경에 입문했으니 대단한 인재였다.

그러나 가네마로도 10년은 더 수련해야 복면고수를 상대로 조금의 승산이 있었다.

그랬기에 가네마로는 노고수와 함께 오오카미의 수련을 도와주는 역할밖에 할 수 없었다. 젊은 가네마로로서는 견디기 힘든 일이었고, 결국 한국으로 떠나게 되었다.

그래도 2회 대회가 너무 맥없이 끝나지는 않게 되었다. 발경을 할 수 있는 소명후와 가네마로라는 고수가 참가하는 것이다.

그러나 한 명은 암수를 숨긴 살수였다. 너무 성공적인 대회를 치르다 보니 정수에게 위험이 다가오고 있었다.

3
중국의 반격

春秋六十有二其年春秋六十有二其年
蹲踞行路藏以錢之蹲踞行路藏以錢之
辞此下方跳乾他方辞此下方跳乾他方
墓墓
永徽三年七廿一日永徽三年七廿一日勒
路賢人同鬼神而志路賢人同鬼神而志

"이거, 전부 중국 얘기잖아? 오라는 서양 놈들은 안 오고, 왜 전부 중국만 까는 거야?"

정수는 요즘 중단전 문제로 인터넷을 확인하지 못했다.

사실 자신의 기사로 도배가 되었으니, 낯도 뜨겁고 겁도 나서 외면한 것이다.

그러나 다시 여유가 생겨 인터넷을 접하니 기사들이 눈에 들어왔다. 대부분 복면고수를 상대할 가능성이 있는 중국과 쿵푸에 대한 기사였다.

정수는 기사의 흐름이 마음에 들지 않아 투덜거렸다. 서양의 격투가는 부담이 되지 않지만, 중국에는 숨겨진 고수가 있을 수 있기 때문이다.

젊은 사람 중에서 자신을 이길 고수는 없겠지만, 노고수가 올 수도 있었다.

이 정도 기사면 중국의 자존심을 건드릴 수 있다는 생각에 정수는 당황할 수밖에 없었다.

"분명 출사표에 서양 놈과 근육에만 시비를 걸었는데, 왜 이러는 거야? 이것들이 이이제이하는 건가? 상대가 안되니 중국 고수와 싸움을 붙이려는 건가?"

정수는 투덜거리며 이이제이를 떠올렸다.

물론 이런 상황은 첫 대회가 너무 성공적이었기 때문이다.

첫 대회에 유명한 격투가들이 많이 참석하고, 복면고수가 압도적으로 이겼기에 깨끗이 포기한 것이다.

정수는 너무 쉽게 백만 달러를 부른 것이다.

영화나 소설에서 툭하면 백만 달러가 나오니 그렇게 상금을 걸었는데, 너무 큰 금액이었다. 어차피 패할 리가 없으니 그냥 머릿속에 떠오른 백만 불로 상금을 건 것이다.

정수는 한 3회 대회 정도는 되어야 세계적 격투가들이 올 것이라 생각했다.

그래서 10회 대회까지 구상한 것이다.

그러나 백만 달러의 위력에 첫 대회부터 서양인들이 깨끗이 패배를 인정할 만한 격투가들이 찾아온 것이다.

띠딕, 띠딕.

불안한 정수는 포털을 바꿔서 기사를 확인했다.

역시 다른 포탈에도 중국과 쿵푸에 대한 분석으로 도배가 되어 있었다. 2회 대회의 개최 시기가 다가오니 더욱 도배가 되고 있었다.

"이거, 2회 대회로 끝낼까? 바로 노고수가 오지는 않을 테니 이번 대회는 괜찮겠지. 그래도 이렇게 떠드는데 한두 명쯤은 간을 보러 올 수도 있는데…… 설마 절기를 펼쳐야 할 정도는 아니겠지?"

정수는 문득 2회 대회로 끝낼까 하는 생각이 들었다.

이미 목적은 이뤘으니 더 이상 대회를 계속할 필요는 없었다. 너무 소란이 커져 겁이 나기도 했다.

너무 소란스러워져 복면고수가 산으로 돌아갔다는 내용이면 대충 납득은 할 것이다. 신문에 복면고수의 기사뿐이니 충분히 먹힐 만한 핑계였다.

그리고 다른 고민도 있었다. 자칫 중국에서 절기를 써야 할 정도의 고수가 올 수도 있었다.

아무리 정수라도 공개적으로 절기를 펼치는 것은 꺼림칙했다.

공개되면 더 이상 비기가 아니게 된다. 격투가들은 브라질 유술에 처음에는 쉽게 당했지만, 곧 대응책을 내놨다. 뭐가 되었든 일단 공개되면 대책이 나오기 마련이었다.

물론 내공이 중요하지만, 절기에는 형이 있기 마련이다.

오의가 빠진 형이야 비전이 아니지만, 그렇다고 세상에 공개할 수도 없었다.

무술가들이 비밀이 많고, 비전을 강조하는 이유인 셈이었다.

"기본공만 펼쳐도 알아볼 사람이 많을 텐데……. 눈에 띄지 않는 절기가 뭐가 있더라?"

무엇보다 기본공과 절기를 펼치면 알아볼 수 있는 사람이 많았다.

태권도, 합기도, 가라데의 주먹과 발차기는 조금이라도 배운 사람이면 바로 구별할 수 있었다. 같은 발차기와 주먹질이라도 문파마다 달랐다. 수련자라면 누구나 한눈에 알아볼 수 있었다.

천왕문과 인연이 있는 고수라면 정수가 기본공의 흐름만 펼쳐도 바로 알아볼 것이다.

이미 8할쯤 복면고수의 정체를 짐작하는 사람들이 많지만, 그렇다 해도 완전히 밝혀지는 것은 꺼릴 수밖에 없었다.

정수는 만약을 위해 사람들이 알아볼 수 없는 절기를 떠올려 봤다.

그래도 천상검이 많은 비전의 형을 전해 주어 희망이 있었다.

"장법이 흐름이 단순하지. 내공이 많이 필요하지만 움직임은 줄일 수 있는데……. 일단 파천장은 너무 유명하다고 하고, 유명장은 너무 티가 나고, 조천장은 너무 어렵고. 그런데 어떻게 이런 것만 가르쳐 줬냐? 그리고 암경을 쓸 수 있는 장법은 안 가르쳐 주셨구나. 구결 속에 있는 건가?"

정수는 흐름이 단순한 장법에 희망을 가졌다. 장법은 내공이 중요하니 형은 단순했다.

그러나 정수가 배운 장법들은 위력과 특징이 강해 더 티가 났다. 천상검이 말 그대로 잡기로 취급될 장법은 애당초 가르치지 않은 것이다. 유명하고 대단한 것들만 가르친 것이다.

고민하던 정수는 지하실로 내려가 금고를 열었다. 책들을 찾아보며 티가 나지 않는 절기를 찾으려는 것이다.

"정말 절기들만 가르쳐 줬네. 어떻게 하나같이 이러냐? 단순하고 쉽고 편하게 쓸 수 있는 것은 없네. 귀령술이라도 수련할까?"

천상검이 가르친 것들은 모두 비전이자 절기들이었다. 쉽게 익히기도 어렵고, 천상검이 절기라고 할 만큼 특징도 강했다. 대성한다면 새로운 흐름을 만들 수 있겠지만, 정수는 아직 형을 겨우 따라 하는 정도였다.

길이 보이지 않자 정수는 꺼림칙해서 치워 둔 귀령술을 떠올렸다.

귀령술은 고수들을 상대할 수 있을 정도의 술법이었다.

귀안만으로 웬만한 고수는 눈도 마주치지 못할 것이다.

그러나 귀령술은 형은 없지만 정수의 존재를 바로 알려주는 술법이었다. 좌도에 재능있는 정수의 소문이 자자하니 더욱 최악의 선택이었다.

"귀령술은 더 티가 날까? 어차피 눈치챈 사람도 많은데, 그냥 배를 쨀까? 나도 명색이 천왕문의 수장인데, 꿀릴 것은 없지."

방법을 찾지 못한 정수는 결국 당당하게 맞설 생각을 했다.

복면고수가 천왕문의 정수라는 것이 드러나도 눈치가 보일 뿐이었다. 비전이 드러나는 것이 금기이지만, 시대가 달라지기도 했다.

비전을 잇기도 힘든 세상인데 형이 조금 드러났다고 천왕문 외의 사람이 따지는 것도 우스웠다.

"으~ 마음도 복잡한데 심인법이나 수련해야지. 맞아! 관음천수와 여래광음이 있었지. 그게 어디 있더라?"

될 대로 되라는 심정에까지 이른 정수는 복잡한 마음에 심인법을 수련하려 했다.

1회 대회 때 파격으로 중단전을 채운 후유증을 심인법으로 다스리고 있었다. 중단전이 가득 차자 수시로 마음에 이상한 것이 들리고 있어서, 심인법으로 다스리고 있었다. 자연스럽게 자연과 세상의 소리가 전해지고 있는 것이다. 한데 정수는 이런 소리를 후유증이라 여겨 심인법으로 중단전을 막고 있었다.

그런데 정수는 심인법이라는 단어에 관음천수와 여래광음을 떠올렸다. 불교에 전해지던 비전이라 천상검도 자신만의 해석으로 한 번만 시범을 보였다.

기초야 비슷하지만 위로 올라갈수록 가지가 멀어지게 된다. 산에 올라가면 정상에서 만난다고 하지만, 그것도 같은 도가 내의 경우였다.

정상은 있겠지만 불교와 도교는 서로 다른 산이었다.

그래서 천상검도 두 절기를 자신만의 해석으로 시범을 보여 주었다.

수련의 길은 다르지만, 같은 산에 사는 불교의 고수들과 가까워질 수밖에 없었다.

많은 도교의 절기를 절의 수호승들이 잇는 경우가 많았다. 도인이 산에 있기는 어려운 시절이 되고 있지만, 산사는 여전하기 때문이다.

그래도 높은 경지의 비전은 불교에서도 끊어지고 있었다. 수호승이 있을 필요가 없어지는 세상이기 때문이다.

관음천수와 여래광음은 상단전을 열어야 펼칠 수 있는 절기였다. 절기이자 관음 신앙의 극치였다.

속리산 주변의 불사들은 관음교의 맥을 잇고 있었다. 노스님이 정수에게 가르쳐 준 심인법도 여래광음의 낮은 단계였다.

그래도 시대가 달라지며, 관음천수와 여래광음의 비전을 불교에서 잇지 못하고 천상검만이 기억하고 있었다. 천상검 외에 펼칠 수 있는 사람이 없는 것이다.

천상천검과 관음천수는 비슷한 면이 있었다. 천검과 천수는 왠지 서로 영향을 주고받은 인상이었다.

그래서 천상검이 불교의 절기지만, 굳이 시범을 보여 주고 구결을 전한 것이다. 자신만의 해석으로 시범을 보인 것은, 인연이 있으면 익히거나 제자에게 가르치라는 의미였다.

그런데 정수가 갑자기 두 절기를 떠올린 것은 형이 없기 때문이다.

오직 깨달음과 내공만으로 펼치는 절기였다. 상단전을 열어야 펼칠 수 있는 최상급 절기였다.

그래서 산사와 스님도 많이 있는 지금, 불교에서도 절기들의 맥이 끊어진 것이다. 익히기 너무 어려운 절기들이었다.

관음천수는 천 개의 손을 만들어야 하고, 여래광음은 혜광심어를 할 수 있어야 했다. 무도의 경지로 말하자면, 상단전과 심검의 경지에 들어야 펼칠 수 있는 절기들이었다.

상단전을 수련하는 천상검이라서 관음천수를 자기 식으로 해석해 시연을 한 것이다.

물론 편법으로 중단전만 채웠지, 감당도 못하는 정수가 펼칠 수 있는 절기는 아니었다.

그러나 심인법은 두 절기의 마이너 버전이었다.

정수가 심인법을 단지 중단전을 열고 닫는 데만 쓰고 있지만, 무술로도 쓸 수 있었다. 정수는 두 절기를 알고 시범도 보아서, 순간적으로 심인법을 활용할 방법을 떠올릴 수 있었다.

어차피 큰 위력은 필요없고, 천수가 아니라 일수만 필요했다. 마음 수련으로만 쓰던 심인법을 무예로서 쓸 수 있는 방법을 찾은 것이다.

정수는 자신만의 방법으로 중단전을 쓸 수 있는 절기를 만들기로 했다.

물론 유치한 수준이지만, 그런 만큼 쉽게 펼칠 수 있었다.

정수의 몸으로 익힌 절기들과 경지 등이 들쑥날쑥이었다. 내공은 높지만 절기들의 경지는 낮아, 제대로 실력을 발휘할 수 없었다.

그래도 자신의 재능으로 자신에게 맞는 절기를 만들어 내었다. 좌도 체질인 자신에 맞는 절기를 찾은 것이다.

이것으로 무골이 아니라서, 실력 발휘를 못하던 간격이 조금 줄어들게 되었다.

세계의 프로 격투 선수들은 복면고수에게 도전하는 것을 포기하고 있었다.

도전 의욕이 완전히 사라진 것이다.

그렇다고 2회 대회의 도전자가 아예 없는 것은 아니었다.

복면고수와 붙어 보길 원하는 자들은 많았다. 이기는 것이 목적이 아니라, 단지 겨뤄 보는 것도 영광이기 때문이다.

프로들은 패배가 확실한 대결을 포기했지만, 아마추어들은 열 명의 도전자에 선발되기 위해 치열한 경쟁을 펼치고 있었다.

그러나 중국과 일본의 신청자는 아주 드물었다.

패배가 단지 개인의 문제가 아니라, 문파와 국가의 자존심 문제이기 때문이다.

개인주의 성향이 강한 서양인들은 이런 두 나라 사람의 정서를 잘 몰랐다.

물론 무술계에 대한 기사를 쓰는 기자 정도면 이런 심리를 잘 알고 있었다. 기자들은 흥미를 위해 이런 사정을 열심히 쓰고 있었다.

바로 두 나라가 패배를 두려워 도전도 못한다는 식으로 기사를 쓰는 것이다.

특히 중국의 속을 잔뜩 긁고 있었다.

오늘도 신청자 평가를 위한 심사장은 북적거렸다.

기자들도 많지만 서양인 신청자도 많았다.

서양인 신청자들은 대부분 도복을 입고 있었다. 동양에서 유래된 무술을 익힌 서양인들이었다.

이들은 패배해도 문파나 국가의 자존심과 상관없으니 별다른 고민 없이 신청을 하고 있었다.

그러나 워낙 많은 무술가들이 신청해 최종 열 명에 선발될 가능성은 정말 낮았다. 발경이라도 보이지 않는다면 거의 불가능한 경쟁률이었다.

퍽!

"헉~"

퍽!

"으윽~"

태권도를 익힌 서양인이 레일 샌드백을 차서 전진시키고 있었다. 기록을 올리기 위해 가쁜 숨과 다리의 고통을 참으며, 온 힘을 다해 킥을 차고 있었다.

"1분 46초."

심사위원들이 기록을 확인하고 종이에 적었다.

최 변호사가 섭외한 오덕 출신 심사위원들은 이제 어느 정도 관록이 엿보였다.

그렇다고 무슨 신분이 있는 것은 아니니 거만하지는 않았다. 보는 눈과 지식만 있으니, 마니아로서 무술가들의 시범을 즐기면서 심사하고 있었다.

"헉~ 헉~ 헉!"

태권도복 차림의 신청자는 숨을 헐떡이며 기록을 확인했다. 비교적 상위권의 기록이었다. 팔보다 세 배는 강한 다리로 숨 돌리지 않고 때렸으니 기록이 좋았다.

그러나 선발되려면 많이 부족했다. 뭔가 보너스 점수라도 얻어야 했다.

숨을 돌리던 신청자는 샌드백 앞에 섰다.

"하압~!"

그리고 기합을 지르며 제자리에서 몸을 띄워 180도 회전 뒷차기를 시전했다.

퍼억!

출렁출렁~

180도 회전 뒷차기가 샌드백에 적중하자 둔탁한 소리가 났다. 회전력까지 실린 뒷차기에 샌드백이 잠시 꺾이며 출렁거렸다.

두꺼운 샌드백을 잠시나마 꺾었으니 보통의 수준은 넘는 위력이었다. 사람이 맞았다면 내장이 파열되고 뼈가 부러졌을 것이다.

"오, 탄력과 위력이 살아 있네. 역시 서양인이 힘과 유연성이 좋아."

"태권도를 제대로 익혔습니다. 그리고 착지가 안정적인

것에 더 점수를 주고 싶습니다. 요즘 죄다 경기용 태권도만 배워서 착지가 엉망인 경우가 많은데, 옛날 식으로 배웠나 봅니다. 품세도 많이 연습한 티가 납니다."

"태권도는 대련도 많이 하니 대련 경험도 풍부하겠죠."

"다른 데 한눈팔지 않고 태권도만 익힌 것 같은데, 관장 인가? 뭐, 팔을 안으로 굽는 법이지."

심사위원들은 보너스 점수를 매기며 한마디씩 했다. 인 상적인 위력과 자세이기 때문이다.

심사위원들의 예상처럼 신청자는 태권도 관장을 하고 있 었다.

그래서 태권도만 우직하게 해서 자세가 인상적인 것이다. 자세에 다른 무술이 섞인 흔적이 없었다.

그리고 당연히 팔은 안으로 굽게 마련이었다. 한국 사람 이니 이왕이면 태권도를 익힌 신청자에게 보너스가 가기 마 련이다.

신청자가 인사를 하고 물러가자, 다음 신청자가 샌드백 을 주먹으로 때려 전진시켰다.

"상위권은 점수가 종이 한 장 차이야. 단련으로 기술과 근력이 일정 수준이 되어서인지, 이런 측정으로는 실력을 판별할 수 없겠어."

"상위권만 모아 회의에서 결정해야 하지 않겠습니까?"

"이 점수로 실력의 차이를 판별할 수는 없으니 문제지."

다음 신청자가 샌드백을 찰 동안 심사위원들은 선발 방법에 대한 의견을 나누었다.

상위권 신청자들의 점수는 종이 한 장 차이였다. 상위권 숫자도 많아 누굴 골라야 할지 다들 난처해하고 있었다.

1회 대회 때는 유명한 격투가들이 많이 신청해 이런 고민이 없었다. 기록보다는 타이틀과 유명세를 고려해 선발했다.

그러나 이제 프로들의 신청은 별로 없고, 아마추어들이 대부분이었다. 고려할 유명세가 없으니 기록으로 선발해야 했다.

그러나 단지 레일 샌드백이나 보너스 점수로 선발하기에는 기록의 차이가 거의 없었다. 이 점수는 단지 참고용이었다. 이걸로 누구의 실력이 낫다고 말할 수는 없는 측정치였다.

그저 객관적으로 나온 수치로 실력자를 찾아내기 위한 것이다.

그런데 객관적 기준으로 걸러 낸 실력자 숫자가 많으니 문제였다.

그때 방금 전 신청자의 자세가 떠오른 심사위원이 아이디어를 떠올랐다.

"무술별로 안배를 하죠? 각 무술별로 나눠서 그 무술을 깊게 수련한 사람을 선발하죠. 그러면 흥미도 더 생기겠죠?"

태권도 발차기라는 것이 확연한 신청자의 자세가 떠올라, 각 무술별로 한 명을 선발하자는 아이디어가 떠오른 것이다.

"오, 좋은 생각이야. 그렇게 하면 열 명 고르는 것이 보다 쉽겠어."

"그럼 상위권을 골라 내는 것만 생각하면 되겠습니다. 점수 매기기가 어려워서 골치 아팠는데, 다행입니다."

"열심히 해. 그래도 이게 기준이야."

막연히 열 명을 선발하는 것보다는 무술별로 나누어 한두 명 선발하는 것이 단순하고 흥행에도 좋았다.

심사위원들은 좋은 아이디어라고 생각해 그렇게 하기로 했다.

그때, 심사장에 동양인이 나타났다. 중국의 전통 복장을 갖춘, 삼십대로 보이는 동양인이었다. 미친 것이 아니라면 중국인이 신청하러 온 것이다.

가끔 호기심에 신청하는 중국인이나 일본인이 있지만, 그야말로 호기심 수준이었다. 지금껏 상위권 수준의 두 나라 무술가는 신청을 하지 않고 있었다. 패배할 것이 확실한데 문파와 국가에 부담을 줄 수 없다고 생각한 것이다.

그런데 전통 의상을 입은 중국인이 등장하자 심사장의 모든 사람이 주시하게 되었다. 전통 의상을 입고 올 정도면 심상치 않다고 느낀 것이다.

서양인들도 무술을 수련하는 만큼 3국의 전통 의상 정도
는 구별할 수 있었다.

　그리고 전통 의상을 입은 의미도 잘 알고 있었다.

　당당히 전통 의상을 입었으니, 망신당하지 않을 정도의
실력이 있다는 추측을 할 수 있었다. 여기에 전통의상을 입
고 와서 망신을 당하면 내일 떠오르는 해를 보지 못할 가능
성도 있었다.

　그렇다면 미친 것이거나 진짜 고수가 등장한 것이다.

　"어서 오십시오. 신청하러 오셨습니까?"

　별반 할 일이 없던 중국어 통역사가 중국인을 맞이했다.

　"그렇소."

　"저어, 괜찮겠습니까?"

　통역사는 조심스럽게 물었다.

　전 세계의 기자들이 기삿거리를 찾기 위해 심사장 한구
석에 있었다. 전통 복장을 하고 와서 망신을 당하면 진짜
내일 떠오르는 해를 볼 수 없을 수도 있었다.

　"보기에 부끄럽지 않을 실력은 되오."

　"알겠습니다. 그럼 신청을 도와드리겠습니다."

　통역사가 중국인의 이름, 주소, 배운 무술, 특기, 연락처
등을 신청서에 채워 넣었다.

　"소명후 님이군요. 혹시 준비운동이 필요하십니까? 불편

하시면 방으로 안내해 드리겠습니다."

"필요없습니다."

"알겠습니다. 그럼 먼저 측정을 할 수 있도록 노력해 보
겠습니다."

전통 의상을 입고 나타난 중국인은 복면고수를 암살하기
위해 온 소명후였다.

신청서를 작성한 소명후는 근엄하게 앉아 고수의 풍모를
보이며 기다렸다.

통역사는 신청서를 들고 심사위원들에게 다가갔다.

모두의 시선이 집중되어 불편할 테니 순서를 앞당기려는
것이다.

찰칵, 찰칵.

기삿거리를 찾던 기사들이 포토 라인에서 연신 셔터를
눌러댔다. 미친 사람일 수도 있지만, 일단 찍어 둬야 했다.
정신병자가 신청한 것도 기삿거리였다.

"압천장? 진짜 미친놈인가?"

소명후는 신청서에 익힌 무술의 이름을 압천장이라고 적
었다. 무술 오덕후인 심사위원들도 들어보지 못한 이름이었
다.

당연히 소명후를 정신병자로 생각하기 시작했다.

"심심했는데 잘됐네요. 기자들도 기삿거리가 필요할 시
기입니다."

"그래도 저러다 뒈질 수도 있어요. 인천에 중국인들이 많은데, 저놈이 망신당하면 당장 몰려올 겁니다."

"뭐, 어쩌겠어. 다음 순서로 하자."

소명후는 신청한 지 10분도 되지 않아 심사를 볼 수 있었다.

먼저 신청했던 서양인들도 소명후의 실력이 궁금해 항의하지 않았다.

"모두 소명후 님의 실력에 관심이 많아 바로 심사할 수 있게 되었습니다. 괜찮겠습니까?"

"그러죠."

소명후는 순서가 당겨진 것에 개의치 않고 일어나 걸어갔다.

찰칵! 찰칵! 찰칵! 찰칵!

사진기의 셔터 소리가 음악처럼 연속해서 들리며, 소명후의 움직임을 쫓았다.

"어! 거기는⋯⋯."

그런데 소명후는 레일 샌드백이 있는 곳 대신 목인방으로 향했다.

안내하던 통역사가 말리기도 전에 소명후는 나무 기둥에 팔다리를 흉내 내어 만든 목인방 앞에서 섰다.

탁~ 타다닥! 타다다닥~!

소명후는 천천히 목인방의 본체와 튀어나온 나무들을 두

드렸다.

그리고 천천히 속력을 높였다.

쾅~ 쾅! 쿠웅~!

그리고 점차 부딪치는 소리가 달라졌다. 손과 나무가 부딪치는 가벼운 소리가 아니라 묵직한 소음이었다.

펑~!

끼리릭~!

소명후의 장을 맞은 목인방이 뒤로 밀리며 바닥을 긁었다.

쿠웅~!

파삭!

내려치는 장에 맞은 나무가 부러지며 튕겨 나갔다.

쾅!

끼기기~

쾅!

퍼석!

소명후는 본체를 두드려 목인방을 흔들고, 튀어나온 나무를 두드리며 부러뜨려 나갔다.

소명후의 손은 점점 빠르고 강해졌다.

지켜보던 사람들은 점차 소명후의 손짓을 따라잡을 수 없었다.

"우와아~"

"고수다!"

"대단해!"

찰칵! 찰칵! 찰칵! 찰칵!

지켜보던 선수들이 감탄을 토하고, 기자들은 손가락이
보이지 않게 셔터를 눌러댔다.

쾅~

쿠웅!

끼기긱~!

이제 목인방에 붙어 있는 막대가 없었다. 튀어나온 나무
들은 모두 소명후의 장에 부러져 나갔다.

때릴 곳이 없어진 소명후는 남아 있는 기둥을 두들겼다.

그리고 눈에 보이지 않을 정도도 빠르게 움직이던 손이
갑자기 멈췄다.

순간, 멈췄던 손은 천천히 옆구리로 내려왔다.

"후우우우~"

소명후는 숨을 고르며 양손을 옆구리에서 천천히 가슴까
지 올리다가 앞으로 뻗었다.

우우웅~!

뻗어진 손이 공기를 갈랐다.

소리는 컸지만, 사람들은 뻗어진 손을 보지 못했다. 너무
빨랐던 것이다.

대신 다른 증거로 소명후가 손을 앞으로 뻗었다는 것을

알게 되었다.

콰아앙~!

짜그그극~

퍼억!

소명후의 앞에 있던 목인방이 폭발하는 소리를 내며 튕겨 나갔다. 튕겨 나간 목인방은 반대편 벽에 닿을 때까지 구르다 벽에 부딪쳤다.

소명후의 압천장이 펼쳐진 것이다.

목인방이 벽에 부딪쳐 멈추자 중앙에 움푹 파인 손자국이 드러났다. 마지막에 소명후의 장이 닿은 부분이었다.

"와아아아~!"

"아아아~!"

심사를 기다리던 서양인들이 모두 괴성을 질러댔다.

찰칵, 찰칵, 찰칵, 찰칵, 찰칵!

기자들은 감탄 대신 미친 듯이 셔터를 눌러댔다.

"이 정도면 충분하오?"

소명후는 괴성과 셔터 소리를 배경으로 당당히 심사위원들을 보고 물었다.

끄덕끄덕!

심사위원들은 목이 꺾이도록 고개를 끄덕일 수밖에 없었다. 입만 고수인 심사위원들은 진짜 고수 앞에서 입을 놀릴 수가 없었다.

우르르~!

기자들이 포토 라인을 뚫고 달려왔다. 사나운 기자들의 기세에 보안요원들이 뒤로 밀리며 여기저기 구멍이 뚫렸다.

"중국인이십니까?"

"필승의 자신이 있으십니까?"

"복면고수를 어떻게 생각하십니까?"

"배우신 무술은 어떤 겁니까? 영춘권이십니까?"

"마지막에 목인방을 날린 초식은 뭡니까?"

기자들은 소명후에게 달려들며 질문을 던졌다.

중국인에게 한국어, 영어 등 자기들 말로 질문을 던지고 있지만, 흥분한 기자들은 그런 사실도 몰랐다. 그저 궁금한 것을 마구 떠들 뿐이었다.

보안요원들은 질서를 유지하기 위해 필사적으로 기자들을 막으며 소명후의 주변을 감쌌다.

통역사는 난리를 피해 소명후를 사무실로 안내했다.

소명후가 사무실로 들어가자 기자들도 약간 진정이 되었다.

"질서를 지키지 않으면 기자회견을 할 수 없습니다. 모두 포토 라인을 지켜주십시오. 질서가 유지되면 소명후 님께 질문을 할 수 있게 해 드리겠습니다."

통역들이 일단 사태를 진정시키기 위해 기자들을 설득했다.

"이름이 소명후군요."

"어서 물러나십시오."

통역들의 설득과 보안요원들의 압박에 장내는 다시 질서를 찾게 되었다.

그리고 소명후가 나와 포토 라인 앞에 섰다.

암살자인 소명후가 이런 관심이 즐거울 리가 없지만, 명성을 위해서는 나서야 했다.

복면고수를 암수로 죽이고, 의심을 피하기 위해서는 실력을 선보이고 명성을 얻어야 했다. 이제 암수로 복면고수를 죽여도 일반인은 의심하지 못할 것이다. 고수들은 눈치를 챌 수도 있겠지만, 그것은 중국 정부가 눌러 줄 것이다.

이윽고 기자회견이 시작되었다.

영어는 기본이라 중국어 통역사가 각국 기자들이 질문을 통역했다.

"복면고수를 이기기 위해 중국에서 온 소명후입니다. 절기는 압천장입니다."

소명후는 천천히 자신의 목적, 이름, 절기를 말했다.

"복면고수가 보인 실력보다 강해 보이지 않는데, 자신이 있으십니까?"

"복면고수도 그렇지만, 저도 아직 본 실력을 다 보이지 않았습니다."

"방금 펼친 시범이 본 실력이 아닙니까?"

"가벼운 시범이었습니다. 필승의 자신감이 없었다면 오지 않았습니다."

기자들은 굵은 나무를 부수고, 통나무도 날려 버린 것이 가벼운 시범이라는 말에 놀랐다.

그러나 자신감이 없다면 오지 않았다는 말에 고개를 끄덕였다.

이 정도 고수가 자신이 없었다면 도전하지는 않았을 테니 당연한 말이었다.

"압천장은 어떤 무술입니까? 저 역시 많은 무술을 아는데, 들어 보지 못한 무술입니다."

"비전의 절기입니다. 세상에 알려진 것들은 중국 무술의 일부분입니다. 중국에는 아직 많은 고수들이 모습을 감추고 수련을 하고 있습니다."

"발경을 할 수 있는 고수들이 많다는 말입니까?"

"세상에 드러난 것은 빙산의 일각입니다."

"출신 문파가 어떻게 됩니까?"

"사문은 비밀입니다."

소명후는 한껏 자신감을 보이고 허풍을 치며 소설을 써 갔다.

그리고 문파에 대한 질문과 함께 자세한 것을 묻자, 비밀이라 말하며 회견을 끝냈다.

우르르.

소명후가 움직이자 기자들은 그 뒤를 따라나섰다. 소명후가 택시를 타자 기자들도 서둘러 뒤를 따랐다.

택시가 소명후가 머무는 가까운 호텔에 도착하자, 기자들의 차량이 바로 들이닥쳤다.

호텔의 문지기들은 난입하는 기자들을 막기 위해 문을 막아섰다. 오는 손님을 막을 수야 없겠지만, 기자들이 우르르 몰려오자 본능적으로 막아선 것이다.

그러나 몇 사람만으로 기자들을 막기란 쉽지 않았다.

금방 방어선이 뚫리고 기자들이 로비로 들이닥쳤다.

"뭐야? 아이돌이라도 온 거야? 웬 기자들이야?"

"모르겠습니다. 소명후를 찾고 있습니다."

"그게 누구야? 야! 거기 막아! 호텔은 보안이 생명이야! 비상 때려! 모두 나와 막으라고 해!"

"네, 벌써 비상 호출을 했습니다."

"일단 기자들 로즈 룸으로 보내라. 거기, 엘리베이터 정지시켜!"

지배인과 직원들, 그리고 보안요원들은 난데없이 들이닥친 기자들과 전쟁을 치러야 했다.

그것도 서양 기자들과의 전쟁이었다.

지배인은 이름을 검색해 소명후의 방에 전화를 했지만, 방해하지 말라는 말만 들었다. 유명세가 있다고 손님을 쫓아낼 수는 없으니 기자들은 온전히 호텔 직원들의 몫이었다.

그러다 한 직원이 포털에 올라온 속보를 보고 사태를 알게 되었다.

사정을 알게 된 지배인은 소명후를 설득해 별관으로 방을 옮겨 주었다. 상류층만 사용하는 별관이지만 소란을 피하기 위해서는 어쩔 수 없는 조치였다.

인터넷에는 벌써 소명후에 대한 기사로 채워졌다.

중국의 반격이 시작된 셈이었다.

그리고 이건 단지 시작에 불과했다.

소림사는 유명한 관광지였다. 근처에 호텔이나 상점을 세운다면 많은 돈을 벌 수 있을 만한 관광지였다.

그러나 명색이 사찰이고 문화재라 보호를 위해 주변을 개발하지는 않았다.

그래도 돈이 되는 장소라 노점이 많았다.

그러나 현재 소림사 주변의 잡상인들이 모두 사라져 버렸다. 공안이 몰려와 깨끗이 정리한 것이다.

그리고 소림사가 보이는 산 아래서 공사가 시작되었다. 공사는 밤낮 없이 계속되어 신속하게 마무리되었다.

권력자가 힘을 써서 호텔이라도 지어 경관을 망친 것은 아니었다.

공사가 마치자 드러난 광경은 영화에서나 보던 비무대였다. '복면고수를 이겨라'에 맞불을 놓기 위해 만든 비무장이었다.

공사가 마무리되자 중국의 모든 매체에서는 일제히 비무대회를 선전하는 기사를 내보냈다.

그러면서 자료 화면에는 여러 고수들의 시범 장면이 나왔다. 마치 영화의 한 장면 같은 시범이었다.

한 노인이 커다란 항아리 앞에 서 있었다. 독에는 물이 가득 차 있었다. 노인이 손바닥을 뻗어 커다란 항아리를 가격했다.

출렁~

촤아악~!

물이 폭발하듯이 솟구쳤다.

영화인지 진짜 고수의 시범인지 구별이 되지 않는 시범이었다. 뉴스에서 나온 화면이 아니었으면 영화 선전이라고 여길 만한 장면이었다.

물론 중국의 뉴스였으니 쉽게 믿을 수도 없었다.

뉴스는 바로 다음 화면을 내보냈다.

이번에는 장년인이 두꺼운 나무판 앞에 서 있었다.

퍼억~!

장년인이 주먹을 뻗었다. 주먹은 나무판을 파고들어 갔다. 나무판이 스티로폼으로는 보이지 않는데, 놀라운 권격이었다.

자료 화면은 계속 이어졌다.

이번에는 오십대로 보이는 남자가 드럼통 앞에 서 있었다.

"하압~!"

남자는 드럼통을 향해 몸을 날리며 어깨를 내밀었다.

어깨로 타격하는 고의 기법이었다.

콰앙~!

남자의 어깨에 닿은 드럼통이 굉음을 내며 튕겨졌다.

이건 쉽게 보기 힘든 시범이었다. 근접 공방의 고의 기법은 영화에도 잘 나오지 않는 비전이었다.

역시 중국이라서 그런지 바로 다음 시범이 있었다. 고수란 고수는 모두 모은 것 같았다.

이번에는 도사 차림의 노도인이 검을 들고 통나무 앞에 있었다.

몸이 말라 허약해 보이는 노도인이 검을 휘둘렀다.

서걱~!

별로 힘을 쓴 것 같지도 않은데 통나무가 힘없이 잘려졌다. 이제까지의 시범이 아니었으면 특수 효과나 짜고 찍은 장면이라 여겼을 것이다.

40대로 보이는 남자가 나무 밑둥을 발로 차자, 톱밥이 휘날리는 시범도 있었다.

30대로 보이는 남자는 여러 개의 나무 기둥을 밟으며 날아다녔다.

중년의 승려가 통나무에 손을 대자 연기가 피어오르며 검게 그을리는 시범도 있었다.

영화 같은 시점의 장면이 끝나자, 이번에는 비무대회에 대한 설명이 이어졌다.

앞으로 한 달간 소림사에서 중국의 고수들을 선발해 비무대회를 개최할 것을 알렸다. 비무대회의 일정, 참가자격, 보상인 십왕 선발 등을 알렸다.

국민에게는 신분을 감춘 고수들이 비무대회에 참석할 수 있도록 독려하라는 말도 잊지 않았다.

이후에는 영화 같은 시범들과 비무대회에 대한 재방송이 이어졌다.

그리고 중국 고수들의 실력을 대대적으로 선전했다.

결정적으로 앞으로 3일마다 자료 화면의 고수들이 직접 시범을 보인다고 밝혔다. 전 세계에 중국도 고수가 많으니 직접 와서 확인하라는 의미였다.

복면고수의 2회 대회가 얼마 남지 않은 시점에 벌인 맞불이었다.

3일마다 고수의 직접 시범이 있다니, 세계의 주요 방송국들도 소림사의 비무대로 모였다. 카메라는 멀리 소림사와 비무대가 같이 보이는 곳에 몰려 있었다.

이미 비무대 인근은 몰려든 중국인들로 인산인해를 이루고 있었다.

중국이 공표한 3일이 지나자 시범 준비가 있었다.

비무대 위에는 자료 화면처럼 물이 채워진 커다란 항아리가 올려졌다. 특수 효과인지, 진짜 고수의 발경인지 드러날 시간이 다가오고 있었다.

이 시범을 보기 위해 세계의 시선이 몰렸다.

중국의 원투 펀치에 복면고수의 심사장은 약간 썰렁해졌다. 소명후의 등장으로 후끈 달아올랐던 심사장은 중국의 태클에 분위기가 꺼져 버렸다.

2회 대회가 열리면 다시 열기가 피어오르겠지만, 지금 세계의 시선은 중국 소림사의 비무대에 쏠려 있었다.

서양인 신청자도 조금 줄어들었다.

경쟁률도 높고, 중국에는 많은 고수들이 직접 시범도 보이니 거길 간 것이다. 독점이 깨지고 매력적인 대체재가 생겼으니, 어쩔 수 없는 현상이었다.

그런데 침체된 심사장의 분위기가 한 사람의 등장으로 갑자기 되살아났다.

흰 도복을 입은 동양인 세 명이 심사장에 들어온 것이다.

한국 사람들은 본능적으로 그들이 일본인이라는 것을 알았다. 서양인들이야 동양인의 외모를 구분을 못하지만, 한중일 삼국은 외모만 봐도 비교적 정확히 국적을 알 수 있었다.

일본어 통역도 눈치를 채고 움직였다.

그러나 뒤에 따라오는 한 명이 한국어를 할 줄 알았다. 안내와 통역을 위해 수행하는 제자였다.

앞장서서 들어온 건장한 일본인은 조용히 주변을 둘러봤다.

이자가 바로 일본의 고수인 가네마로였다.

가네마로는 정진관 한국 지부에서 수련을 하다가 심사장을 찾아왔다.

원래 가네마로는 소란을 피하기 위해 마지막 날 심사장을 찾으려 했다.

그러나 소명후의 등장 때문에 오늘 나선 것이다. 중국인도 신청을 했는데, 일본인 도전자가 없다면 그것도 망신이기 때문이다.

가네마로도 중국이 비무대회를 연 것은 알지만, 신경 쓰지 않았다.

그곳에 가도 비무는 할 수 없었다. 가네마로는 구경이 아닌 비무를 원하고 있었다.

서양인들도 일본인이 등장했음을 알아차렸는지 웅성거렸다. 이곳에서 취재하는 기자들은 한일 간의 관계도 잘 알고 있었다.

게다가 등장한 일본인의 분위기가 심상치 않아 보이자 얼마 없던 신청자들이 뒤로 물러섰다.

분위기만으로 상황이 정리되자 가네마로는 천천히 앞으로 나섰다.

보안요원과 심사위원들도 심상치 않은 가네마로의 행동을 말리지 않았다.

찰칵! 찰칵! 찰칵! 찰칵!

수가 줄어든 기자들이 연신 셔터를 눌렀다.

가네마로는 말없이 고정된 샌드백 앞에 섰다.

"후웁~!"

숨을 짧게 들이쉬며 자세를 낮춰 마보를 섰다.

그리고 주먹을 허리에 붙이며 몸을 틀어 힘을 모았다.

"하압!!"

기합과 함께 허리를 쥐어짜며 오른손을 뻗었다.

그림 같은 정권 찌르기였다.

콰아앙~!

제자리에서 내지른 정권 찌르기가 샌드백에 닿자 폭발하는 소리가 났다.

진짜 폭발하는 소리였다.

가네마로의 정권이 꽂힌 샌드백의 터져 나갔다.

샌드백이 터지며 천 조각과 솜, 모래 등이 뒤로 날렸다.

정권 찌르기의 위력에 대한 말이 많지만, 이렇게 공개적으로 그 위력을 선보인 것은 처음이었다.

"오오오~!"

단 일격이었지만 심사장의 모든 사람들을 앞도하기에 충분했다. 심사장의 모든 사람들은 감탄성만 토했다.

이제 가네마로의 실력에 이의를 제기할 사람은 없었다.

우르르~

척척척~

앞서 경험이 있어서인지 이번에는 보안요원들이 먼저 포토 라인을 막았다. 기자들도 적어져 보안요원들을 뚫을 수 없었다.

그러나 가네마로는 기자들을 지나쳤다.

찰칵, 찰칵, 찰칵, 찰칵!

카메라들이 천천히 걸어가는 가네마로를 찍어댔다.

그래도 수행했던 사람이 남아서 기자들의 궁금증을 풀어 주었다.

그러지 않았다면 또 기자들의 러시가 있었을 것이다.

중국에 이어 일본의 고수까지 나타나자 기자들은 그 자리에서 기사를 작성하고 사진을 전송했다.

중국에서 초를 치기는 했지만, 흥행은 더욱 재미있어졌다. 복면고수에 도전하는 중국과 일본 고수의 등장이었다.

중국으로 넘어갔던 기자들 중 일부는 하루 만에 한국으로 돌아와야 했다.

언론사 입장에서 고수의 실력이나 숫자는 전혀 중요한 것이 아니었다. 중요한 것은 흥행이었다.

'복면고수를 이겨라' 2회 대회는 이제 본격적인 흥행의 막이 오르게 되었다.

"저놈은 뭐야? 딱히 숨은 힘이 있는 것 같지 않은데. 그냥 미친놈인가?"

정수는 소명후의 동영상을 보며 고개를 갸웃거렸다.

여력이 남아 있는 타격이 아니었다.

본인 말로는 실력을 감췄다고 하지만, 다 드러낸 것으로 보였다.

고수의 눈에는 그런 것이 보였다.

음악가가 복잡한 오케스트라의 협연에서 작은 불협화음을 잡아내듯이, 무술가도 상대의 자세 하나만 봐도 감을 잡을 수 있었다.

정수의 눈에는 소명후의 자세에 여력은 없었다.

그래도 고민은 있었다.

'한 방에 보낼 수는 있겠지만, 상처 없이는 힘들겠는데……. 뭐, 미친놈을 봐줄 수는 없지. 그런데 형을 감출 수는 없는데…… 이번에 만든 심인검을 써야 하나?'

정수는 소명후를 보자 두 가지 고민이 생겼다.

첫째, 상처 없이 제압하기가 힘들었다.

그동안 상대를 최대한 상처 없이 제압했다. 고통이야 크지만 잠깐에 불과했다.

그러나 소명후에게는 상처를 남겨야 했다. 보통의 선수들처럼 피부와 근육층 사이에 타격력을 집중할 수 있지만, 고통에 굴복할 내공은 아니었다.

적어도 피멍 정도는 남게 쳐야 제압할 수 있었다.

절맥수를 쓰면 상처 없이 제압할 수 있겠지만, 그건 더 위험했다.

정수는 아직 사람의 혈을 제압해 보지 못했다. 차라리 뼈를 꺾는 것이 덜 위험했다.

그래도 고수이니 다리 정도는 잠깐 쓰지 못하도록 해야 제압했다고 할 수 있었다.

정수는 미친놈이려니 하며 넘어갔다. 내심으로는 다리라도 부러뜨릴 생각이었다.

그리고 둘째 고민은 적어도 기본공은 드러내야 할 상대라는 점이다. 최대한 감춘다고 하지만 내공을 쓰려고 하면 흐름이 보일 것이다.

그래 봐야 가벼운 주먹질이지만, 알아볼 만한 사람은 알아볼 것이다.

몇 명이 알아볼 수 있을지는 모르겠지만, 속리산 쪽 무맥이라는 것을 알아볼 사람은 있을 것이다. 큰산마다 특징적인 흐름이 있었다.

정수도 천상검의 시범으로 다른 산의 절기들을 배워 구별할 수 있었다. 큰 산이나 유명한 무맥에는 알아볼 수 있는 저마다의 특징이 있었다.

그래서 정수는 자신이 짜깁기한 심인검을 써야 하는지 고민했다.

관음천수와 여래광음을 심인법의 기법으로 억지로 낮춘 마이너 버전이었다. 심검 수준의 비전을 억지로 낮춰 손에 잡히는 기검으로 만든 검이었다. 형이 없는 기를 사용하는 수법이었다.

그래도 기검이기에 위력은 대단했다. 기검이기에 발경이기도 하고, 검기이기도 했다.

정신은 한계가 없어 천 개의 검도 만들 수 있었다.

관음천수와 천상천검도 따지고 보면 상단전의 힘을 수련해 천 개의 기검을 만드는 것이다.

정수가 만들 수 있는 것은 두 개의 기검뿐이지만, 위력은 충분했다. 물론 진짜 검은 아니고, 상대에게 타격을 줄 수 있는 기운 덩어리였다.

무엇보다 좋은 점은 심인검은 몸을 쓰지 않고도 휘두를 수 있었다. 형체가 없으니 손이 아니라 마음으로 움직이는 것이다.

그런 면에서 술법과 유사한 점이 있었다. 술법과 비슷해서 정수가 억지로 짜깁기해서 펼칠 수 있는 것이기도 했다.

심인검 덕분에 소명후와 가네마로의 등장에도 걱정이 없었다. 심인검은 정수가 짜깁기로 만든 것이라, 사문이 들키지 않기 때문이다.

정수는 심인검을 써야 할 상대가 등장하자 다시 지하실로 내려가 수련을 시작했다. 그저 가만히 서서 넘치는 내공으로 기검을 만드는 연습을 하는 것이다.

옆에서 보면 그저 멍하니 서 있는 것 같았다.

위잉~

그런데 심인검의 기법으로 기검을 만들자 공간이 울렸다.

정수의 양손에 희미한 아지랑이가 피어올랐다. 관음천수와 여래광음의 구결을 심인법으로 틀에 넣어 기검을 만든 것이다.

차라리 권풍을 쓰는 것이 더 효율적이지만, 위력과 효율 때문에 만든 것은 아니었다.

그저 눈에 안 띄는 절기가 필요했던 것이다.

휘잉~

위잉~!

정수는 만든 기검을 휘둘러보며 위력과 지속 시간을 확인했다. 내공을 억지로 심인법이라는 틀에 집어넣어 만든 기검이라 오래가지 못했다.

서서히 기검이 손에서 흩어져 간다.

"오래가지 못하네. 기를 붙잡아 두려면 도력이 필요한 건가? 이거, 부적을 만들 때와 비슷하네. 그래서 상단전을 열면 심검을 쓸 수 있는 건가?"

정수는 자신이 만든 기검이 흩어져 가자 오래 유지시킬 방법을 궁리했다.

그러다 부적과 비슷한 것을 깨달았다.

부적에 기운을 오래 붙잡아 두기 위해 도력이 필요했다.

마찬가지로 마음의 검이라는 심검을 쓰려면 내공뿐만 아니라 도력도 필요할 것이란 이치를 유추한 것이다.

정수는 잠시 자신의 생각을 여러 절기의 구결을 떠올려 적용해 봤다.

'그래서 마음의 검인가? 도력은 단지 응집할 수 있게 해 주는 핵인가? 사람들이 마음을 나누어 준 것과 비슷하군. 수많은 마음이 내게 모였지. 그렇게 도력으로 검으로 만들어 마음을 보낼 수 있으면 심검인가?'

정수의 생각은 깊어져 갔다. 경기장에서 국민들의 마음을 받아 봤기에 심검에 대한 감을 잡을 수 있었다.

중단전의 기운에 도력을 핵으로 검으로 만들 수 있으면 심검이라는 생각이 떠오르게 되었다.

물론 내공은 넘치지만 수련이 얕아 아직은 힘들었다.

여러 절기들은 내공과 마음, 도력을 사용하며 단련하는 것이다. 여러 절기를 익히며, 그 사용법과 한계를 넘어야 다음 경지도 쉽게 들 수 있었다.

그러나 정수는 지금 바로 쓸 수 있는 것이 필요했다.

그래서 자신의 재능처럼 파격적으로 절기의 마이너 버전

을 만들어 사용하고 있었다.

'기검만으로는 힘드네. 도력을 넣어 볼까? 아니지. 검이
나 권처럼 내공을 실을 수 있는 것이 있으면 되지. 옷도 되
잖아.'

정수는 굳이 심인검으로 만든 기검을 쓸 필요가 없다는
것을 깨달았다. 내공을 옷에 넣어도 되는 것이다.

옷에 기를 넣어 무기처럼 쓰는 것은 무협지에도 많았다.

그리고 정수는 그걸 현실로 만들 수 있었다. 내공이 있다
고 바로 옷에 기를 넣어 쓸 수는 없지만, 심인검의 기법으
로 하면 가능했다.

정수는 복면고수의 망토를 입고, 심인검으로 만든 기검
을 넣어 봤다.

파앗!

기검이 스며들자 망토가 검처럼 **빳빳**이 섰다.

쉬익~!

심인검을 담아 망토를 휘두르자 공기가 찢어지는 소리가
났다. 얇은 천이라도 기를 담는 몸체가 되자, 검처럼 날카
롭게 되었다.

정수는 심인검을 망토에 담아 이리저리 시험을 해 보았
다.

"히히~ 된다! 이거, 망토가 검과 권도 되고, 방패와 창
도 되네. 좀 어설프지만, 그래서 티가 안 나네. 망토를 만

든 최 변호사가 선견지명이 있는 건가? 이거, 아이디어가 좋은데? 무협지나 읽어 봐야지."

정수는 절기가 드러나지 않는 방법을 고민하다가 망토에 심인검을 넣는 수법을 창안할 수 있었다.

물론 창피한 수준이지만, 그래서 쉽게 쓸 수 있고 출처가 드러나지 않게 되었다. 노고수만 아니라면 어설픈 수준만으로도 충분했다.

정수는 한동안 지하실에서 망토를 가지고 이런저런 실험을 해 보았다.

그리고 며칠 수련을 하다가 중국의 비무대회 뉴스를 보게 되었다.

물론 정수는 그 소식에 기뻐했다. 진짜 고수는 안 오게 되었으니 다행이라 생각한 것이다.

"다행이네. 자존심 긁었다고 수염 달린 노인네들은 안 오겠네. 그런데 일정이 뭐 저러냐? 아주 초를 치네."

원래 서양인 격투가들을 목표로 벌인 일이었다. 중국의 고수들이 오지 않게 되었다는 소식에 정수는 안도했다.

물론 고춧가루를 뿌리는 중국의 대회 일정을 보고 눈살을 찌푸렸다.

그리고 일본 고수의 등장도 있었다.

정수는 영상을 한 번 보고 상대의 경지를 가늠해 신경 쓰지 않았다.

'일본 놈들도 이렇게 찾아오지 말고 지들끼리 대회나 열지. 저렇게 젊은 놈이 있으면 노인네들도 좀 있을 텐데……'

고수가 대회에 참여하면 정수에게는 귀찮은 문제였다. 정수는 일본도 대회를 만들라고 응원했다.

마침 일본도 그 생각을 하고 있었다.

일본의 주요 장관들이 고수들이 모여 수련하는 도장에 모였다. 중국만큼은 아니어도 일본 역시 세계의 관심을 부담스러워하고 있었다.

"어떻게 하는 것이 좋겠습니까?"

"당연히 우리도 비무대회를 열어야 합니다."

"당연합니다. 일반인들은 시범만 봐서는 경지의 차이를 모를 겁니다. 그리고 중국처럼 시범을 보인다면 누가 더 고수인지 신경도 쓰지 않을 겁니다."

정부 관리들은 당연히 비무대회를 열고 싶었다. 관광 효과도 크고, 국가의 자존심을 지킬 수 있기 때문이다.

일반인은 안목도 낮으니, 굳이 복면고수를 상대로 일본의 실력을 증명할 필요도 없었다.

"우리까지 그럴 필요가 있겠습니까? 다행히 가네마로 공이 있어 자존심은 지켰지 않습니까? 패하더라도 정권 찌르기의 영상만으로 제 몫을 다했습니다."

"그렇습니다. 소명후라는 중국인이 나타났을 때 가슴이 철렁했지만, 가네마로 공이 일본의 자존심을 세워 주어 마음을 놓았습니다. 일본의 젊은 고수가 나타났으니, 늙은 우리들은 숨어 있는 것이 낫습니다."

소명후의 등장 때문에 가네마로가 무단으로 한국으로 간 것이 새용지마가 되었다. 중국의 고수는 갔는데, 일본의 고수가 안 갔다면 그것도 치욕이기 때문이다.

일본의 고수들은 가네마로만 세상에 내보이고 자신들은 뒤에 있기를 원했다.

자신들의 수련과 힘을 비무라는 쇼에 보이고 싶지 않기 때문이다.

일본 무사는 자존심 덩어리였다. 작은 치욕만 당해도 배를 가를 정도니, 광대처럼 무대에 서고 싶은 마음은 없었다.

그때, 총리가 입을 열었다. 일본도 이런 회의에 총리까지 나서야 하는 사안이 된 것이다.

"비무가 없어도 시범은 보여야 합니다. 서양인들이 아닌 일본 국민들을 위해 무대에 서 주셔야 합니다. 일본의 정신을 지켜 주십시오."

"음, 알겠습니다. 일본인의 자존심을 지키기 위해 시범을 보이겠습니다."

"저도 마지막 힘을 내보겠습니다."

총리가 일본인을 위해 공개 시범을 부탁했다. 서양인을 위한 볼거리가 아닌, 일본인의 자존심을 지킬 수 있는 위력을 보여 달라는 말이었다.

공개 시범을 꺼리던 나이 든 고수들도 총리의 말에 수락할 수밖에 없었다. 총리의 부탁이기도 했지만, 국가의 자존심을 위해서였다.

"그런데 이제 오오카미 공의 행보는 어떻게 하는 것이 좋겠습니까?"

"공개 시범으로 자존심을 지킬 수 있는데 굳이 위험을 감수할 수는 없습니다."

"맞습니다. 자존심을 지킬 정도지, 승리를 확신할 수는 없습니다."

"그럼 그렇게 하는 것으로 하겠습니다."

복면고수를 상대하기 위해 일본이 준비한 유술의 대가인 오오카미는 도전하지 않기로 결정을 했다.

이 점은 장관들과 고수들의 의견이 일치했다.

그런데 그때, 한 장관이 소명후의 실력을 물었다.

"소명후라는 중국인의 실력은 어떻습니까? 승리를 자신하던데, 정말 그렇습니까? 중국인인 소명후가 이겨도 큰 문제가 아닙니까?"

"그 정도는 아닙니다. 드러난 실력은 가네마로 공과 비슷한 수준입니다. 실력을 숨겼다고 말하지만, 복면고수를 이길 정도는 아닙니다. 그건 자신있게 말할 수 있습니다."

"그러면 왜 승리를 장담하는 겁니까? 가네마로 공처럼 도전에 의의를 두는 것도 아니지 않습니까?"

"그건 저희도 의문입니다. 소명후도 복면고수에게는 어렵다는 것을 알 수 있을 텐데⋯⋯."

"어쩌면 암수가 벌어질 수도 있습니다. 이제는 거의 전해지지 않지만, 중국에는 대결을 위한 수많은 암수가 있습니다. 미친 것이 아니라면 암수가 있다는 의미입니다."

"알겠습니다. 참고하겠습니다."

회의는 소명후에 대한 분석까지 하고 마무리했다.

정부 관리들은 고수들에게 공개 시범을 요구하러 온 것이다. 고수들이 수락을 했으니 회의를 길게 할 이유가 없었다.

돌아가는 길에 총리와 내각조사실장이 한 차에 타고 가고 있었다. 은밀한 대화를 나누고 있는 것이다.

"중국도 암수를 쓰는군. 무슨 방법인지 알아내지 못했나?"

"세계 모든 언론이 소명후의 뒤를 캤는데 깨끗합니다. 그리고 암수를 염두에 두고 시험장에서 실력을 보인 걸 수도 있습니다. 일반인은 경지의 구분이 어렵지 않습니까?"

"그래도 소명후는 마지막에 배치되겠지?"

"중국의 위상을 고려하면 그렇게 될 겁니다."

"그럼 그전에 우리가 승리하면 된다."

"네, 밀종도 자신하고 있습니다. 밀종에서 복면고수의 발을 잡아 두겠다고 장담을 했습니다."

내각조사실장은 밀종이 복면고수의 발을 잡을 수 있다고 자신했다.

밀종은 불교의 좌도라고 할 수 있는 분파였다.

좌도가 대개 그렇듯 밀종은 정통 불교에 밀려 일본에까지 흘러왔다. 그리고 일본에서 꽃을 피웠다. 한때 밀종은 여러 영지를 지배하는 권력을 가지기도 했다.

술법의 힘 때문이었다. 민중을 다스릴 종교와 술법이라는 힘이 있어 권력까지 얻은 것이다.

물론 밀종의 권력은 오래가지 않았다. 전국을 일통한 군세는 공포감을 주는 술법을 다루는 밀종을 쓸어버렸다.

권력을 잃었지만 밀종과 술법에 대한 두려움을 권력가와 민중에게 심어 주었다.

두려움만큼 탄압도 심하게 받아 밀종이라는 교파는 사라졌다.

물론 종교라는 것이 쉽게 사라지지는 않았다.

일본에 사찰은 여전히 많으니, 밀종의 맥은 비밀리에 이어져 오고 있었다.

그 밀종의 술법이 정수를 노리고 있었다. 가네마로와의

대결에서 암수를 쓰려는 것이다.

그러나 이들은 정수가 무공보다 술법에 더 재능이 있다는 것을 모르고 있었다.

하여간 일본도 열심히 준비는 하고 있었다.

제일로펌의 최 변호사 팀은 가네마로의 등장에 안도의 한숨을 내쉬었다.

"휴~ 다행이군. 이로써 어느 정도 흥행은 되겠군."

"중계권 계약을 취소하려 한다고 했을 때는 가슴이 철렁했는데, 다행입니다."

"그건 아쉽네. 벌써 계약해서 가격을 올릴 수 없잖아."

"나이키가 바로 계약하자고 합니다."

"10% 올리자고 해. 두 명의 등장에 더 흥행이 되잖아."

"복면고수 인형의 판매량도 다시 늘고 있습니다."

"벌 수 있을 때 최대한 벌어야 되는 거야."

중국의 비무대회로 가장 타격을 받은 것은 제일로펌이었다. 대체재가 생겼으니 관심이 분산된 것이다.

엄청난 가격으로 입찰한 중계권이나 라이선스도 흔들거렸다.

그러나 소명후와 가네마로의 등장으로 다시 흥행몰이를 할 수 있었다.

정말 완벽한 흥행 구도였다. 복면고수에게 도전하는 중

국과 일본 고수의 존재는 영화 스토리, 그 자체였다.

중계권의 가격은 이전보다 더 치솟고 있었다. 각 나라마다 독점 계약을 한 방송국에서는 즐거운 비명을 지르고 있었다.

나이키와의 계약을 10% 올리라 말하며 한참 기분 좋은 최 변호사에게 보조 변호사가 입을 열었다.

"그런데 저희도 뭔가 해야 하지 않겠습니까?"

"어떤 거?"

"저희도 통나무도 자르고, 큰 항아리에 담긴 물도 터뜨리며 뭔가 보여야 하지 않겠습니까?"

"이미 고수 님의 실력이야 증명했는데 체면 깎이게 그런 것을 보일 수야 있나?"

"그래도 일반인은 눈에 보여야 실력을 실감하지 않습니까?"

"그건 그런데…… 일단 준비는 해 둬. 현장에서 고수 님께 말씀드려 보도록 하지."

"그런데 복면고수 님도 검을 배우셨습니까?"

"당연하지. 내가 봤을 땐 검이 주 무공인 것 같아. 아주 옛날 것 같은 검을 봤거든."

"그렇군요. 그럼 통나무와 여러 가지 종류의 검도 준비해 두겠습니다."

"검은 내가 준비하지. 내 집에 좋은 검이 많이 있어. 그리고 철 기둥도 준비해 둬. 고수 님이라면 철 기둥도 잘라 낼 수 있을 거야."

갑자기 최 변화사의 오덕 기질이 나왔다. 집에 소장한 많은 검들을 자랑하고, 철 기둥까지 준비하라는 망언을 쏟아 낸 것이다.

최 변호사의 이상한 모습에 보조 변호사는 조용히 대답하고 물러났다.

중국의 비무대회에 타격을 받은 곳이 또 있었다.

복면고수를 활용해 중국의 정신을 꺾겠다는 작전을 펼치던 NSA였다.

작전 책임자는 지금 상원 정보위원회로 호출되어 호된 추궁을 받고 있었다.

미국은 워낙 정보기관의 작전이 많아 대통령은 중요한 작전만 챙길 수 있었다. 그런 탓에 대부분의 작전들은 상원 정보위원회가 관리를 하고 있었다.

NSA의 작전은 대통령이 직접 챙기지만, 상원 정보위원회도 보고를 받고 있었다.

그런데 작전에 차질이 생기자 책임자를 불러 추궁하고 있었다.

"지금 중국에서 얼마나 항의를 하고 있는지는 아나? 중국 기업들이 압박은 어떻고? 그걸 모두 감수하고 작전을 밀어주고 있는데 실패하다니!"

상원 정보위 의장이 추궁의 말을 했다.

그동안 미국 언론의 기사에 중국의 항의가 대단했다. 기업을 앞세운 로비도 뜨거웠다.

그러나 이 작전에 드는 비용에 비해 효과가 좋아 바람막이를 해 주고 있었다.

그런데 이제 중국의 비무대회로 작전의 성공이 불확실해진 것이다. 하여 실패의 책임을 지우고 중국과의 화해에 나서야 할 시간이었다.

이번 호출은 모든 책임을 커트너 NSA 국장에 지우고, 중국에 우호의 신호를 보내려는 것이었다.

그러나 커트너 국장은 상원의 호출에도 자신만만했다.

"작전은 지금도 성공 중입니다."

"뭐라고?"

"중국이 비무대회를 연 것은 상처 입은 자존심을 달래기 위함입니다."

"중국인이 복면고수에게 승리를 장담하며 도전하지 않았나?"

"도전자 소명후는 복면고수를 이길 만한 실력이 아닙니다. 여러 경로로 확인한 정보입니다. 발경을 할 수 있는 고수 급들은 모두 그렇게 분석하고 있습니다."

"확실한 소스인가?"

"국내에서 확보한 고수도 그렇게 분석했고, 한국과 일본도 그렇게 분석하고 있습니다."

"일본의 도전자도 그런가?"

"네. 일본의 도전자 가네마로도 실력이 부족합니다. 그저 도전에 의의를 두기 위해 참가한 겁니다. 일본은 지금 복면고수를 꺾기 위해 고수 급들을 모아 합동 수련을 하고 있습니다. 가네마로는 정찰병입니다."

"일본은 그렇게 대응하고 있군. 그런데 왜 위원회에 보고가 없었나?"

"오늘 아침에서야 파악한 정보입니다. 일본도 중국처럼 공개 시범을 열기 위해 준비하면서 나온 정보입니다."

"그럼 작전의 실패를 넘어 동아시아 3국의 자존심만 올려 준 결과이지 않은가?"

"사람들은 쇼보다는 대결을 좋아합니다. 복면고수를 이기지 못하니 쇼를 벌이는 겁니다. 그러니 언론의 관심을 대결로 몰아가면 됩니다."

"그런데 중국인 도전자는 승리를 자신하던데, 속내가 뭔가? 일본의 도전자는 정찰병이라고 하지만, 중국의 도전자는 다르지 않은가?"

"분석 팀에서는 대결에서 비겁한 수를 쓰려는 것이라 추측하고 있습니다. 영화처럼 중국의 암살 기법은 예술의 경지에 이르러 있습니다."

"암수라…… 손에 비수나 암기를 숨겼다가 찌른다는 말이군. 대책은 준비하고 있나?"

"그렇게 해서 중국의 고수가 이긴다면 작전은 성공입니다. 죽은 영웅은 영원한 영웅입니다. 복면고수는 영원한 영웅이 되어 중국의 자존심에 지워지지 않는 상처를 줄 겁니다. 우리 미국이 반드시 그렇게 만들어 줄 겁니다."

"그럴 수도 있군. 그래도 아직 충분히 달아오르지 못했어. 가급적 암수를 막고, 중국이 더 노골적으로 나올 수 있도록 압박하도록 하게."

"네. 대비는 하도록 하겠습니다."

추궁을 위해 커트너 국장을 부른 위원들도 결국 작전이 아직 성공 중이라고 설득되었다. 사실 아직 2회 대회는 시작되지도 않은 것이다.

2회 대회의 결과에 따라 작전의 성패에 대한 평가를 다시 할 것이다.

그리고 미국은 중국의 도전자인 소명후의 암수를 짐작하고 있었다.

일본이 그렇게 유도한 것이다. 일본은 시범 대회를 준비하며 정보를 흘려 미국의 관심을 중국의 도전자에 쏠리게 한 것이다.

그리고 자신들이 암수를 준비하고 있었다.

여러 진실에 거짓 하나를 끼워 넣어야 사실처럼 보일 수 있었다.

중국과 일본, 미국 정부까지 바쁘게 돌아가는데 한국 정부는 조용했다. 복면고수의 등장이 한국에 도움이 되기는 하지만, 이상할 정도로 너무 조용한 행보였다.

소문난 잔치에 밥숟가락을 올려 두려는 사람이 많을 텐데, 너무나 조용했다.

사실 한국 정부의 조용한 행보는 제일로펌 때문이었다.

무려 장차관이 퇴직하면 들어가는 로펌이었다. 정부가 쉽게 압력을 넣을 수 있는 곳이 아니었다.

그래서 최 변호사도 첫 대회 때 동료들의 비난을 감수하며 제일로펌이라는 이름을 넣은 것이다.

정수의 실력을 확신했으니 독립해서 대회를 추진할 수도 있었지만, 미래를 생각해 로펌을 끌어들인 것이다.

로펌을 방패막이로 둔 것이다. 세계에서 몰려든 회사들과 넉넉한 수수료도 로펌의 힘을 이용하기 위한 당근이었다.

제일로펌이 없었다면 정수의 이름이 진작 드러났을 수도 있었다.

그리고 최 변호사의 언론 플레이도 한몫을 했다.

복면고수는 신상이 드러나 소란스러워지면 산으로 들어간다고 공언을 했다고 알렸다. 신분이 드러나면 더 이상 대회를 열지 않는다고 협박한 것이다.

대회가 계속 열리는 것이 이득이니, 한국 정부는 굿이나 보고 떡이나 먹고 있었다.

정치인들은 이 대회에 끼어들어 후광을 받고 싶었지만, 역풍이 두려워 입맛만 다시고 있었다. 압력을 넣다가 복면고수가 산으로 돌아가면 국민뿐만 아니라 세계가 비난할 테니 두려운 것이다.

물론 역풍의 위험을 무릅쓰고 복면고수를 이용하고 싶어하는 정치인과 기업이 있지만, 제일로펌이 잘 막고 있었다. 정부 차원에서 나서지 않으면 제일로펌의 가드를 뚫을 수는 없었다.

그러나 중국과 일본, 미국까지 움직이자 한국 정부도 대응에 나설 수밖에 없었다.

그래도 미국이 아군인 것이 다행이었다.

한국 국방부와 국정원에 미국의 협조 요청이 접수되었다. 테러 첩보를 거론하며 합동 작전을 펴자는 제안이었다.

대통령실장, 외교안보수석, 국방부장관, 국정원장, 경찰청장 등 주요 인사들이 모였다. 이런 회의에서 의견을 조율해야 대통령에게 보고할 수 있었다.

대통령실장이 상황을 정리하며 입을 열었다.

"미국에서 테러 첩보가 있어 대테러 공조를 하자는 요청이 있습니다. 주 경기장의 보안을 한미 합동으로 하자는 제안입니다."

"꺼림칙합니다. 미국에서 복면고수에게 접근하려는 것
아닙니까?"

국정원장이 바로 미국의 의도를 의심했다. 테러 첩보도
의심스럽고, 미국이 도와주겠다는 것은 의심에 확신을 더해
주었다.

그러나 외교안보수석이 미국의 제안을 선의로 해석했다.
미국 언론에서 중국 물 먹이기가 노골적으로 진행되고 있으
니, 진짜 도와주는 것이라 생각한 것이다.

"진짜 도인인 복면고수가 설마 미국으로 가겠습니까? 미
국도 그 정도는 알 겁니다. 요즘의 미국 기사들을 보면 중
국의 테러를 걱정하는 것 같습니다."

"허참, 21세기에 웬 고수 열풍인지. 그래도 미국은 아군
이군요. 그런데 제일로펌에서 받아들일까요? 그 문제에 대
해서는 까칠하게 굴던데……."

대통령실장은 고수 열풍이 부담스러운 것 같았다.

그리고 제일로펌의 반응도 걱정을 했다.

그런데 경찰청장이 긍정적인 말을 했다.

"1회 대회 때도 경찰이 외곽 경호를 담당했습니다. 2회
경기는 규모가 더 커져 정부의 도움이 꼭 필요합니다. 경호
구역을 나눈다면 거부하지는 않을 겁니다."

"그럼 제일로펌 측과 협의해 합동 보안 센터를 설치하는

것으로 보고하겠습니다. 그리고 혹시 모르니 미국 요원들과 꼭 파트너를 맺어 감시하라고 주의를 주세요. 문제가 생기면 정권에 치명상이 될 수 있습니다."

"실무진에게 주의를 주겠습니다."

"그런데 우리 측 고수들의 확인은 어떻게 되고 있습니까? 대통령님도 궁금해하고 계십니다."

주 경기장 보안에 미국의 도움을 받는 것으로 결론을 내었다.

그런데 대통령실장이 한국의 고수 현황을 물었다.

진짜 고수의 존재가 수면 위로 올라왔으니, 현황을 파악하려는 것이다. 물론 대통령의 개인적 호기심도 있었다.

그러자 고급 정보가 많은 국정원장이 입을 열었다.

"각 기관에서 파악하고 있는 고수들의 명단을 모으고 있습니다. 군, 국정원, 경찰 등의 기관에 속한 고수와 여러 경고로 파악하고 있는 숫자가 꽤 됩니다. 알고 있는 고수들을 통해 산에 있는 고수들에 대한 것도 파악하고 있습니다. 곧 보고를 올릴 수 있을 겁니다."

한국은 고수의 숫자도 많고, 신분도 많이 알고 있고, 활용도 하고 있었다.

원래 도인과 무인이 많았고, 남자는 대부분 군대에 가니 실력이 드러날 기회가 많았다.

과거부터 군과 정보기관에서는 고수들을 끌어들여 활용

하고 있었다.

고수들도 경지가 높다고 돈이 생기는 것은 아니니, 군과 경찰에서 일하는 경우가 많았다. 미군에 파견되어 스티븐슨과 인연이 닿은 교관도 바로 이런 케이스였다.

그리고 북파 공작원의 능력에 대한 소문도 내공으로만 설명할 수 있었다. 고수들이 교관으로 공작원을 속성으로 가르친 것이다. 수십 리 산길을 몇 시간 만에 주파하는 것은 육체적 힘만으로는 불가능했다. 교육을 하며 알게 모르게 속성 내공법의 기법을 가르친 것이다.

물론 정부 기관에 있는 고수들의 실력이 뛰어나다고 할 수는 없었다. 세상에 나온 고수들이었으니, 어느 정도 한계는 있었다.

그래도 다들 발경 정도는 할 수 있는 경우가 많았다.

이제는 고수들도 점차 군과 기관에서 사라져 가지만, 아직 그 흔적은 많이 남아 있었다.

그런데 대통령실장은 만약의 경우도 준비하고 있었다.

"혹시 복면고수가 패하거나, 여러 문제로 산으로 돌아갈 수도 있으니 중국처럼 준비를 해 둡시다. 그런 건 대통령님께서 지시하기 전에 미리 준비해야 유능하다는 소리를 듣지 않겠습니까?"

"그렇지 않아도 고수 급들을 확인하며 준비를 하고 있습니다. 그런데 다들 공개적으로 나서는 것을 꺼리고 있습니다. 공개적으로 나서면 산에 있는 스승들이 가만있지 않는다며 꺼리고 있습니다."

"그럼 복면고수는 뭡니까?"

"그래서 복면을 하고 있는 겁니다. 정체가 드러나면 산으로 끌려갈 거라고 확신하고 있습니다."

"참, 옛날이야기에나 있던 스승과 제자라니. 그래도 증거가 있으니 믿지 않을 수도 없고. 그런데 대통령님도 궁금해 하시는데, 아직 정체는 모르는 겁니까? 그 계통은 좁아서 서로 대충 알고 있지 않습니까?"

"복면고수가 실력을 보이면 대충 어느 산인지는 알 수 있다고 합니다. 그래서 복면고수가 실력을 안 보여 주려고 한 방으로 끝낸다고 합니다."

"그게 실력을 안 보인 겁니까?"

"그렇습니다. 다들 젊은 나이에 어떻게 그런 내공을 가졌는지 궁금해합니다. 옛날이야기처럼 어린아이 때부터 산에서 스승과 살아야 그 정도 할 거라고 합니다."

"국정원장께서 많은 조사를 하셨나 봅니다. 그럼 대통령님도 많이 궁금하실 테니 다들 들어가 보고를 드립시다."

정부의 주요 인사들은 대통령에게 미국의 대테러 합동작전에 대한 보고를 위해 움직였다.

복면고수가 일으킨 바람은 단순한 무술계의 일이 아니게

되었다.

무술이라는 수단을 통해 강대국들이 힘을 겨루고 있었다. 상황은 미국과 한국이 힘을 모아 중국을 공격하는 모양새였다. 그사이 일본이 기회를 노리고 있었다.

대결에서의 패배는 치명적이었다. 나라의 근간인 정신이 꺾이는 것이다.

정수도 기사들을 보며 뭔가 심상치 않다고 생각하고 있었다. 일이 너무 커지고 있다는 것을 느낀 것이다.

사태가 걷잡을 수 없이 커지는 가운데 2회 대회가 가까워지고 있었다.

4
암수

和療未遍西山

辟踴行路感以餓之

春秋六十有二其年春秋六十有二其年

辭此下方龕乾他方辭此下方龕乾他方

墓

永徽二年□廿一日

洛賢人同鬼神而□

洛賢人同鬼神而□

소명후와 가네마로의 등장으로 2회 대회의 흥행이 기대되는 가운데, 중국도 공개 시범을 벌이고 있었다.

이것도 또 하나의 경쟁이었다.

왜소한 덩치의 노인이 소림사가 보이는 비무대 위로 올라왔다.

비무대 위에는 물이 든 커다란 항아리가 두 개 있었다.

특수 효과가 아니라는 것을 증명하려고 미리 외국 기자들을 통해 자세히 검증한 항아리와 물이었다.

"와아아아~!"

노인이 비무대에 올라오자 관중들의 함성이 천지를 울렸다.

이미 소림사가 위치한 소실봉을 덮을 만한 인파가 모여 있었다.

인해전술이 무엇이라는 것을 보여 주고 있었다. 모인 사람들의 함성이 정말 천지를 울리고 있었다.

장소가 소림사이니 첫 공개 시범을 스님이 하면 좋겠지만, 이건 쇼였다. 영화에 많이 나오고 시범도 화려한, 물이 든 항아리 시범이 처음으로 나왔다.

비무대 위로 올라온 노고수는 수많은 관중과 카메라에 눈길도 주지 않고 걸음을 옮겼다.

노고수도 여유있게 시범을 보일 만한 내공은 아니었다.

옷차림처럼 산속 도인이 아니었다. 수련만 매진한 삶이 아니어서 나이만큼 내공이 높지 않았다.

그래도 이 정도 고수도 찾기 힘든 것이 현재 중국이 처한 사정이었다. 수백 년간 전수의 맥을 끊는 일을 많이 벌였으니 자업자득이었다.

노고수가 첫 번째 항아리 앞에 섰다.

정적이 흘렀다. 질서를 안 지키기로 소문난 중국인들이지만, 이 순간을 망치는 사람은 없었다.

그 순간, 노고수가 항아리 표면에 장을 뻗었다.

투웅~

파아아악~!

북이 울리는 듯한 소리가 나며 물이 사납게 솟구쳤다.

폭경이었다. 경이 항아리 표면을 지나 항아리 내부에서 터진 것이다. 항아리 표면은 멀쩡한데 손이 닿지 않은 물이 터졌다.

"와아아악~!"

"와아악~!"

수많은 관중들이 비명을 지르듯이 환호를 했다.

신기하기는 해도 너무 오버하고 있었다.

동양인들은 여러 이야기와 매체를 통해 발경에 익숙했다.

눈으로 본 사람은 없어도, 왠지 익숙한 경지라 놀라운 광경은 아니었다.

그러나 관중들은 군중심리와 솟구치는 자존심 때문에 광란의 함성을 질렀다.

주변 소음에 상관없이 노고수는 천천히 뻗은 손을 거두었다.

"후우~ 으읍!"

노고수는 내공을 회복하기 위해 뻗은 장을 천천히 당기며 숨을 골랐다.

그리고 천천히 옆에 있는 항아리 앞에 섰다.

다시 정적이 흘렀다.

이번에는 한참을 자세를 취하다 번개처럼 장을 뻗었다.

퍼억~

콰앙!

쾈쾈~

손이 닿은 반대편의 항아리 표면에 구멍이 뚫리며 물이 쏟아졌다. 항아리 표면과 물을 지나 반대편 표면에 구멍이 뚫린 것이다.

격산타우였다. 폭경에서 한발 더 나아가 터지는 위치를 조절한 것이다.

"와아아악~!"

"와아아악~!"

관중들은 또다시 광란의 열기에 빠졌다.

노고수는 천천히 장을 거두고 무대 뒤로 사라졌다.

곧 비무대 위에 외국의 방송 카메라가 올라와 항아리를 자세히 찍으며 확인했다.

확인이 끝나자 항아리는 전시를 위해 옮겨졌다.

고수 박물관이라도 만들어 선전하려는 것이다.

그리고 그 자리에 통나무, 두꺼운 판자, 항아리가 올라왔다.

이건 발경을 증명할 자격 시험용이었다.

전국의 고수들은 어서 비무대에 와서 실력을 증명하고 대회에 참가하라는 의미였다.

중국의 부패는 유명했고, 민중들은 정부를 믿지 않고 있었다.

하여 재주가 있는 고수들은 더욱 몸을 숨기고 있었다.

그래서 이렇게 공개적으로 자격 시험을 열어 믿음을 주려는 것이다.

중국과 전 세계의 시선이 비무대를 주시하고 있었다. 여기 올라와 실력을 보이면 더 이상 탄압을 걱정할 필요가 없다는 의미였다.

중국 정부의 선전은 조금씩 효과가 나타났다.

물론 좋은 소식과 나쁜 소식이 있었다.

좋은 소식은 진짜 고수들이 비무대회에 참가하려 한다는 것이고, 나쁜 소식은 중국인이라고 하기는 좀 어렵다는 것이다.

중국에는 백 개가 넘는 소수민족이 살고 있었다.

모두 특유의 전통을 이어 가는 소수민족이었다.

전통을 잃은 곳은 한족으로 흡수되어 흔적이 남아 있지 않았다. 한족의 지배를 받으며 전통을 유지한다는 것은 대단히 어려운 일이었다.

문화와 민족이 서로 다른 사람들이 함께 살아가는 것이 쉬울 리가 없었다. 특히 소수민족에게는 어려움이 많았다.

여러모로 탄압을 받는 소수민족은 중국의 심복지환이었다.

물론 중국도 내부 혼란을 원하지는 않아, 소수민족에게 대학 진학이나 1자녀 정책의 예외 등 여러 혜택을 주고 있었다.

그래도 소수민족에 대한 차별은 여전했다. 한족만 사업을 벌일 수 있고, 여러 이권을 얻을 수 있었다.

한마디로 소수민족이 중국 내에서 성공하기는 어렵다는 의미였다.

그리고 자치구 내 한족의 유입으로 서서히 파열음이 생기고 있었다.

최근 티벳, 신장, 외몽고에서의 벌어지는 소수민족 봉기는 시작일 뿐이었다.

그런데 소수민족은 아직 과거의 전통을 유지하고 있는 이들이 있는데, 그중에는 무공도 있었다. 자신들을 지켜야 하는 소수민족에게 무공은 가장 필요한 전통 중의 하나였다.

무공의 필요성이 줄어들기는 했지만, 비전은 아직 이어지고 있었다.

홍위병의 광풍 때도 소수민족 자치구는 별로 영향이 없었다. 대부분의 자치구가 오지에 있고, 소수민족들은 말 그대로 자치구에서 살고 있었다.

그리고 이제 중국의 힘이 강해지자 점차 소수민족이 살고 있는 곳에 한족의 침투가 있었다.

그런데 마침 소수민족이 전승하던 무공을 쓸 수 있는 기회가 생기게 되었다.

중국 정부가 벌인 비무대회였다.

고수 한 명의 힘은 작지만, 방송을 타면 정부도 무시하지 못할 기세를 얻을 수 있는 기회였다. 탄압받고 사라지는 자신의 민족에게 내려진 구원의 동아줄이었다.

묘족은 사천성에 있는 주요 소수민족이었다.

원래 사천성 중부의 평원에서 살았는데 한족에게 점차 밀려 오지에서 살고 있었다.

고도도 높고 가파른 산에 작은 오두막이 있었다.

오두막에 젊은이가 노인에게 무릎을 꿇고 사정하고 있었다. 붉은 천을 몸과 머리에 쓰고 있는 것이, 묘족 중에서 홍묘족으로 보였다.

"할아버님, 도와주십시오."

"죽을 때를 기다리는 나에게 무슨 부탁이냐?"

"비무대회에 참가해 주십시오."

"허허, 정부를 믿겠다고?"

"정부가 아니라 방송을 믿는 겁니다. 십왕에 선발되면 문파를 열 수 있습니다. 우리 묘족의 정신과 전통을 보호하고 유지할 수 있는 문파를 열 수 있습니다."

"내가 배운 것은 도가 청성의 일맥으로, 적통도 아니다."

"누가 알겠습니까? 이제 할아버님 외에 청성 일맥이 있겠습니까? 그리고 독공도 익히시지 않았습니까?"

"독공은 의술로 익힌 것이다. 부족민들이 독충과 독이 있는 식물에 다치는 일이 많아 익힌 것이다."

"어떤 무공을 쓰시든 십왕에 선발될 실력이시지 않습니까? 제가 어려서 보았던 실력이라면 방송에 나온 고수들보다 더 강하십니다."

"이제는 너무 늙어서 힘이 없어."

"부족민이 이 산에서도 쫓겨나 도시 하층민으로 뿔뿔이 흩어지게 놔두실 겁니까?"

"정부를 믿으면 안 된다. 땅이 있다는 소리에 옮겼는데 이런 산을 주지 않았느냐? 이 산에서도 쫓아낸다는 소리가 있는데 정부를 믿겠다고?"

"정부가 문파 창설을 지원하지 않으면 홍콩이나 외국으로 떠나도 됩니다. 할아버님의 명성이라면 아낌없이 후원할 부호나 나라가 있을 겁니다. 후원만 받으면 부족민들과 후손까지 걱정없이 살 수 있습니다."

"으음, 그럼 비무대회에 참석하겠다. 그런데 나야 죽을 때가 얼마 남지 않았으니 상관은 없는데, 네가 걱정이다. 혹시 정부에서 손을 쓸 수 있으니, 너는 몸을 피해라."

"그렇게 하겠습니다. 그런데 혹시 모르니 비전을 넘겨주십시오."

"이미 네게 가르쳐 준 것이 전부다."

"아니, 그게 전부입니까?"

"배우기는 쉽지만 익히기는 어렵다. 절기를 못 배워서 비전이 끊긴 것이 아니라, 못 익혀서 끊긴 것이다. 네가 어렸을 때 가르친 것이 내가 배운 전부다. 기초를 익히는 데 십 년도 짧다. 너는 이대로 산에 들어가 3년은 수련에 매진하도록 해라."

"네, 할아버님."

이렇게 해서 도가 청성의 맥을 이은 묘족의 한 족장이 비무대회에 참석하게 되었다.

부족장은 붉은 천으로 장식한 전통 의상을 입고, 왠지 어울리지 않는 고풍스런 검을 들었다.

이 검은 백여 년 전에 청성의 도인에게 가르침과 함께 받은 검이었다. 이민족에게 가르침을 주기 쉽지 않은 선택이었겠지만, 그 덕분에 청성의 검이 아직 이어지고 있었다.

이런 일은 운남성의 백족에게서도 일어나고 있었다.

백족은 옛날 대리국을 세웠다는 사실을 자랑스럽게 여기며 끈질기게 전통을 이어 오고 있었다. 그런 전통 중에는 무공도 있었다.

전설의 천룡사라는 절의 불문 무예와 대리국 왕족의 무예가 이어지고 있었다. 절기라고 하기에는 어려운 비전의 일부이지만, 고수라고 불릴 정도는 되었다.

백족의 부족장 중에는 옛날 왕족이라는 사실을 자랑스럽

게 여기는 자가 많았다.

그리고 왕족이었음을 증명하기 위해 전해지는 무공을 익히고 있는 부족장이 있었다.

"다시 대리국의 영광을 실현할 수도 있겠군."

"다시 탄압이 일어날 수도 있지."

"힘이 없을 때는 자중해야지. 일단 천룡사를 다시 세우는 데 집중하는 것이 좋을거야."

"정부가 정말 지원을 할까?"

"운남성에 우리 민족의 힘은 아직 남아 있어. 지원이 없어도 천룡사를 재건할 힘은 있어. 정부가 막지만 않으면 돼."

"자네는 정부를 믿나?"

"당연히 안 믿지. 그래서 아이들을 숨겨 두지 않았나? 그리고 정부에서 탄압을 하면 대만이나 외국으로 가도 되네."

"명성만 얻으면 그럴 수 있을 것 같기는 하지. 우리야 목숨이 아까운 나이는 아니니 일단 일을 벌이도록 하지."

이제는 쓸모없는 무공을 익혔던 두 명의 부족장이 비무대회로 떠났다.

엎친 데 덮친 격으로 최근 많은 봉기가 일어나는 티벳에서도 움직임이 있었다.

티벳은 과거의 전통이 가장 잘 이어지는 곳이었다. 사원에 대한 탄압이 많지만, 아직 옛 라마승들은 많이 남아 있었다.

그런데 티벳의 중심인 포탈랍궁과 주요 사찰은 50년대 이후 중국군이 점령하고 있었다. 티벳 전체의 봉기를 우려해 라마승들에게 손을 쓰지는 않지만, 저항의 중심인 사찰들은 여전히 군이 장악한 상태였다.

중국이 티벳을 점령한 50년대 이후, 라마교의 비전을 이은 라마승들은 험준한 산의 동굴로 대부분 몸을 피했다.

황량하고 험준하기 이를 데 없는 절벽에 틈이 있었다. 인적과 동물의 흔적도 없는 험준한 산악과 절벽이었다.

이렇게 숨어 있으니 중국의 손길에 안전할 수 있었다.

절벽 사이의 커다란 공동과 작은 암자가 있었다.

"뇌전 라마, 꼭 가야겠소?"

"천둥도 같이 갑시다. 한 명보다는 두 명이 더 낫지 않소."

"이용만 당하고 사라질 수도 있소. 죽음이 두렵지는 않지만 대수인의 맥이 끊긴다면 우리 뇌음사가 사라질 수도 있소."

"풍운 라마가 있지 않소?"

"풍운은 뇌음의 시작이자 바탕인데 움직일 수는 없소, 만약의 사태에 나라도 있어야 맥을 이을 수 있소."

"뇌음사의 절기가 대단해도 총만큼은 아니오. 그래서 이런 절벽에 머물고 있지 않소? 그러나 방송은 핵무기보다 강하오. 내가 뇌음사와 라싸를 되찾을 힘을 얻을 수 있을지 지켜봐 주오."

"모두 번뇌요. 뇌음과 함께 번뇌가 사라지기를 기원하겠소."

늙은 뇌전 라마는 가사의 깃을 여미며 절벽의 튀어나온 돌을 밟으며 날 듯이 내려갔다.

그래도 다행히 중국 내부에도 도인도 있었다.

그러나 이 도인도 정부에 대해 좋게 생각하지 않았다.

"스승님, 이번 기회에 화산을 되찾도록 하겠습니다."

"건물이 무슨 소용이냐?"

"사조님들이 손길로 만든 화산을 가짜 도인들이 차지하지 않았습니까? 이번 기회에 제가 화산을 되찾도록 하겠습니다."

문화혁명 기간에 규모가 큰 문파들은 예외없이 횡액을 당했다. 크고 잘 알려진 만큼 타깃이 된 것이다.

화산에 있는 많은 전각에도 홍위병들이 난입해 책과 법기들을 불태우고 도인들을 탄압했다. 젊은 도인들은 강제로 환속 당하거나 공장이나 농촌으로 끌려갔다.

그러나 화산은 험준해 많은 도인들이 몸을 피할 수 있었다. 칼날 같은 봉우리가 많은 화산에는 숨겨진 도관이 여럿 있었다. 절벽 사이에 아슬아슬하게 난 길로 피하면 홍위병 들도 감히 따라오지 못했다.

그러나 문제는 사승의 체계와 근거지를 잃은 것이다.

십여 년의 문화혁명 기간에는 도관으로 돌아갈 수 없었 다. 제자를 받을 수도 키울 수도 없었다.

도인이라도 솔잎만 먹을 수는 없었고, 홍위병들의 서슬 이 퍼래 산하에서 시주를 얻기도 힘들었다.

나이 든 도인들이야 여전히 산에 머물렀지만, 젊은 도인 들은 하나씩 산을 내려가 환속을 했다.

그들이 어떻게 되었는지는 알려지지 않았다. 가족이 있 더라도 찾아가면 피해가 있을 테니, 세상을 떠돌았을 것이 다.

그리고 마침내 십여 년간에 걸친 문화혁명의 광풍이 끝 났다.

얼마 남지 않은 도인들은 사람들이 접근하기 어려운 도 관에 여전히 머물렀다.

그래도 시간이 지나자 그런 곳까지 관리들이 찾아왔다. 그들은 도적을 작성하라는 등의 회유책을 쓰다가 갑자기 일 변해 위협을 하기도 했다.

그러나 진짜 도사들은 관리들을 무시했다. 자신들이 화 산의 주인이라는 자존심이었다.

그래도 관리들도 진짜 도인들을 직접 건드리지는 않았다. 불교나 도교는 이제 중국에서 관광 자원이지 타도해야 할 대상은 아니었다.

우습게도 무협 영화의 흥행이 광풍에서 살아남은 스님이나 도사들을 지켜 주었다.

그래도 도적이 없으니 지원도 없었다. 절이나 도관이 관광 자원이고 돈이 되다 보니 사이비가 많아졌다.

화산의 도관에는 어떻게 모였는지 모를 도사들이 많아졌다. 관리들도 대화가 통하지 않는 진짜 도사들보다는 사이비들을 상대했다.

진짜 도사들은 그런 난리법석 틈에서 어렵게 살아가며 어렵게 제자를 키웠다.

그리고 이제 화산에 남은 문인은 눈앞에 있는 둘뿐이었다. 진짜 수행을 하는 화산 도인이었다.

"다른 문인이 있을지 확신하지 못하는데, 너를 보낼 수는 없다. 차라리 내가 가겠다."

"연로한 스승님께 그런 일을 부탁하기는 송구스럽습니다."

"나야 죽을 날이 멀지 않은데 아쉬울 것이 없지. 한 번 세상 구경이나 하러 가겠다. 내가 시선을 끌면 혹시 살아남은 사형제들이 찾아올 수 있겠지."

화산에 있는 마지막 도인이 산을 내려갔다.

잃어버릴 것이 없는 자들은 역전의 기회를 잡으려 비무대로 향하고 있었다.

반면에 잃은 것이 많은 자들은 모든 것을 걸고 도박에 나서지 않았다.

중국의 고수 중에는 권력자나 부자도 있었다.

원래 돈이 있어야 수련도 할 수 있는 법이다.

매일의 일거리가 있는 농부가 무술을 단련하기는 어렵다. 지킬 것이 있고 시간도 많은 부자들이 몸을 단련하거나 학문을 닦기 마련이다.

중국을 공산당이 장악했지만 단지 권력자가 바뀐 것이지, 세상이 바뀐 것은 아니었다. 공산당도 사람이 모인 조직이고, 사람은 가족이 있기 마련이다. 당원 중에서는 부자나 권력자도 많았다. 수뇌부는 소위 배운 자들인데, 그들의 집안이 부유하니 학문을 배워 사상가가 될 수 있는 것이다.

그리고 공산당원 중에서도 무술가는 있었다.

공산당의 근본은 군인데, 군에는 무술가들이 많았다. 당시 공산당은 대륙을 침략한 일제와의 전투에 적극적이었다. 그래서 민중들의 인심을 얻기도 했다.

그래서 많은 무술가들이 공산당의 군대에 참여했다. 사상보다는 일제와 싸우려고 참여했고, 민중들의 인심도 얻는 군대였으니, 의기가 있는 사람들은 군벌보다는 공산당에 투신하는 경우가 많았다.

그리고 군에 있던 무술가들은 문화혁명의 광풍에도 안전했다.

문화혁명 기간에 무술가들이 험한 일을 겪게 되지만, 그건 그들이 힘이 없었기 때문이다.

문화혁명도 정치 투쟁의 일환이었으니 줄을 잘 잡거나 앞에 나서지만 않으면 유탄을 피할 수 있었다.

게다가 홍위병들도 군대를 침입하지는 못했다. 무술가 출신의 당원은 대개 군에 있었으니, 광풍을 피할 수 있었다.

물론 문화혁명이 끝나도 무술가들은 자신을 드러내지 않았다. 살아남기 위해서는 자신을 감춰야 하는 것이 공산주의 사회였다.

그래도 알음알음 소문은 있었다.

"아버님, 부주석께서 또 전화를 하셨습니다."

"이 나이에 내가 나설 수는 없다."

곧 관으로 들어갈 것 같은 노인이 머리가 허연 자식의 말을 듣고 있었다. 나이가 많다 보니 자식도 나이 많은 할아버지가 되어 있었다.

이 노인이 바로 공산당 원로인 정 대인이었다. 동시에 무술의 고수라는 소문이 있는 인사였다.

정 대인은 국공 내전 때에도 활약한 원로였다. 나이가

90에 가까운 진짜 원로였다.

국공 내전과 일제와의 전투에서 활약하며 믿기지 않는 실력을 선보여 고수라는 소문이 자자한 원로였다.

국공 내전 때부터 활약을 했고, 인민해방군에 적을 두고 있어서 홍위병들도 감히 시비를 걸지 못한 원로였다.

"세상이 달라졌는데 또 그런 일이 있겠습니까? 이제 명예를 취하셔도 되지 않겠습니까?"

"당이 대륙을 평정하고, 모 주석이 인민을 위한 정책을 마련한다고 백가쟁명의 시기를 선언했지. 하지만 그때 목소리를 높였던 인사들이 모두 쓸려 나갔다. 일인자가 아니라면 목소리를 높이거나 명예를 얻게 될수록 위험하다."

"아버님, 세상이 달라지고 있습니다."

"그래도 당의 서열은 엄격하고, 권력 다툼은 여전하지. 우리 집안과 문파가 더 많은 명예와 부를 얻는 것은 위험하다. 마침 제법 고수들도 모이고 있으니 나서지 말도록 해라."

"음, 알겠습니다. 부주석께는 아버님이 위독하시다고 하겠습니다."

"그렇게 해라."

정 대인은 일본군 대대를 맨손으로 쓸어버리고, 후퇴하는 부대를 위해 홀로 장개석의 일개 사단을 막았다는 전설이 있는 원로였다.

목숨이 위험한 전쟁의 와중이라 가진 실력을 120.% 발휘했고, 그런 활약은 과장을 보태 전설이 된 것이다.

물론 명성이 있으니 견제를 당했다. 당이 대륙을 석권했을 때는 한직이라고 할 수 있는 사천 군벌에 배속되었다. 수뇌부가 명성 높은 정 대인을 견제해 한직에 둔 것이다.

그래도 덕분에 많은 정쟁과 숙청 속에서 안전했다. 중국의 공산당도 우여곡절이 많았지만, 군을 정쟁에 끌어들인 경우는 없었다.

정 대인도 자족할 줄 알아 조용히 자리를 지켜 일족과 문파를 튼튼하게 했다.

그런 상황이니 세상에 공개되는 비무대회에 나갈 리가 없었다. 당의 수뇌부가 공식적으로 요청한다면 움직이겠지만, 쉽사리 근거지를 벗어날 생각은 없어 보였다.

가진 자들은 지킬 것이 많기 때문에 모험을 하지 않는 것이다.

이건 힘이 있는 일족과 문파도 마찬가지였다.

가전 무공을 가진 일족 중에서 제법 부유한 곳들은 대개 공개적으로 나서기 꺼려했다.

그리고 해외로 도피한 문파도 중국의 잔치에 참여하기를 망설이고 있었다.

대륙의 혼란과 공산당을 피해 많은 부자들이 홍콩과 대만으로 피신을 했다.

그 와중에 무술가들도 대륙을 떠났다.

그래서 유명한 문파의 장문인들은 대개 홍콩이나 대만에 있었다.

그들도 중국의 비무대회에 참여할지 말지 고민을 하고 있었다.

대륙으로 돌아갈 좋은 기회였다. 십왕이라는 열 개의 자리도 있으니 기회는 많았다.

중국도 개방을 하며 달라지고 있으니 무술가라 하여 신분의 위협도 없었다.

그래도 중국 사람답게 천천히 고민하고 있었다.

한 달이라는 기간은 생각이 긴 중국 사람에게는 너무 짧은 시간이었다.

잃은 것이 없는 자들만 결단을 내려 움직이고 있었다.

5
대회 전야

祖療夫遇西山……

不療夫遇西

避頭行路咸以錢之避頭行路咸以錢之

春秋六十有二其年春秋六十有二其年

辟此下方觀乾他方辟此下方觀乾他方

墓　　墓

永淳二年巳廿一日　永淳二年巳廿一日

路賢人同鬼神而……路賢人同鬼神而……

'복면고수를 이겨라'의 2회 대회는 잠실 주 경기장에서
열릴 예정이었다.

  흥행을 자신한 최 변호사가 2회 대회는 최대한 큰 경기
장을 예약한 것이다. 예상대로 2회 대회는 벌써 좌석이 매
진되고, 대회는 세계로 중계될 예정이다.

  이제 2회 대회가 일주일 앞으로 다가오자 진행 점검을
위한 회의가 열렸다. 더불어 경비를 위한 회의도 주 경기장
대회의실에서 열렸다.

  첫 대회 때는 경호회사와 경찰이 간단히 업무 협의를 해
서 회의장 경비를 수행했다.

  그러나 2회 대회 경비는 VVIP 급의 경호가 펼쳐질 예

정이다.

경비 협의를 위해 모인 기관도 경찰뿐만 아니라 국정원, 경찰특공대, 심지어 군대까지 있었다. 게다가 미군으로 보이는 외국인도 있었다.

면면이 워낙 쟁쟁해서 고수기획과 계약한 백호경호회사는 구석으로 밀려나 지켜만 보고 있었다.

회의는 경찰특공대 대테러 분과에서 주도하고 있었다.

민간 대회에서 군이나 국정원이 나설 수는 없으니, 경찰특공대가 책임을 맡은 것이다.

올림픽과 월드컵, 여러 국제 회의의 경호를 맡았던 팀이라서 회의 진행은 매끄러웠다.

올림픽을 치른 주경기장은 설계 단계부터 경호를 위한 배려가 있었다. 88올림픽을 치를 당시에는 군사정부였고 북한의 위협이 심했던 시절이라, 지금의 미국처럼 테러에 대비하고 있었다.

대테러 팀은 올림픽 개최시의 경호 계획을 참조해서 4단계 차단선을 기본으로 경호 계획을 브리핑했다.

"이렇게 경기장 외곽, 경기장, 관중석, A좌석을 기준으로 경호선을 정하겠습니다. 운용 요원의 동선도 이 차단선을 따라 경비를 세울 예정입니다."

"근접 경호는 어디서 하는 겁니까?"

대테러 팀의 브리핑에 한국 사람들은 별다른 질문이 없

었다. 이미 다 협의가 된 계획이었다. 경호 계획은 제일로 펌과도 협의가 끝난 사안이었다.

그러나 미군들은 궁금한 것도 많고 건의할 것도 있어 질문이 나왔다.

"근접 경호는 1회 대회 때처럼 백호경호에서 담당합니다."

"1회 대회 때와는 상황이 다르지 않습니까?"

"그래도 구관이 명관이지 않습니까? 백호경호 요원들에 대한 보안 조사와 감시도 진행하고 있습니다."

"그런데 복면고수에게 근접 경호가 필요한 겁니까? 오히려 보안에 위협이 되지 않겠습니까?"

"1회 대회 때도 경호원들이 몰려드는 사람들을 몸으로 막았습니다. 경호보다는 차단선이라고 생각해 주십시오. 그리고 근접 경호원들도 복면고수와 3미터는 떨어져 움직이도록 했습니다."

"경기장 주변의 R급 관람석은 꼭 둬야 하는 겁니까? 관람료는 푼돈입니다. 보안을 위해 R급 관람석은 없애는 것이 좋겠습니다."

"흥행을 위한 비무 대회입니다. 제일로펌에서도 그 점에 대해서는 양보하지 않았습니다. 복면고수의 실력도 고려해 그 점을 거부한 것 같습니다. 그래도 R좌석 관람자들의 보안 점검은 철저히 할 예정입니다."

"그런데 비무 상대의 보안 체크는 어떻게 할 겁니까?"

주변을 건드리던 질문을 하던 미군 측 담당자가 핵심을 찔러 왔다. 여기 모인 기관만 봐도 복면고수에게 위협이 될 사태가 발생할 여지는 낮았다.

문제는 비무 상대자였다. 미국은 소명후의 암수를 예상하고 있었다.

"심사 위원회에서 비무 대상자 목록을 확정했습니다. 그들에 대한 뒷조사는 우리보다 세계 언론이 더 철저히 할 겁니다."

"그래도 비무 상대가 경호 계획의 유일한 허점입니다. 누군가 독침 같은 암수라도 쓰면……."

미군 측 담당자가 독침을 언급하며 말꼬리를 흐렸다.

이 문제도 고려하라는 의미였다.

"독침은…… 비무 상대에 대해서도 보안 수색을 철저히 하도록 하겠습니다."

고전적 암살 무기가 바로 독침이었다. 그리고 비무에서 독침을 쓸 기회는 많았다.

미군 측 담당자의 입에서 나온 말이니 그냥 무시할 수도 없었다.

결국 비무 상대에 대해서도 보안 수색을 하겠다고 답변을 했다.

경호 계획 브리핑을 마치고 합동 보안 센터 개소식이 열렸다.

지금부터 외곽 경비를 하며 침입자를 경계하고 VVIP 동선의 맨홀과 천장 등을 수색했다.

주 경기장에 국가수반 급 경호가 펼쳐지고 있었다.

브리핑을 마치고 미군과 국정원 연락 요원이 정보 교환을 위해 만났다.

미군 측에서 독침을 언급했으니 자리를 마련한 것이다.

물론 비공식적인 자리였다. 확실한 정보가 있는 것은 아니니, 이런 자리에서 정보를 교환하는 것이다.

"무언가 정보라도 있습니까? 위험한 상대는 배제하겠습니다."

"소명후에 대한 위협 보고가 있습니다."

"소명후라…… 그냥 배제하기는 어렵군요."

아직 비무 상대가 공표되지는 않았다. 이번에는 합동 보안 센터의 보안 점검을 마치고 나서 발표할 예정이었다.

위험한 상대면 바꿀 수 있었다.

그러나 소명후라면 바꿀 수 없었다. 소명후를 제외하면 복면고수가 대결을 피한다는 오명을 쓸 것이다.

"그런데 한국 측은 소명후의 실력에 대한 평가가 없습니까?"

"소명후는 가네마로와 비슷한 실력으로 평가하고 있습니

다. 복면고수를 이길 가능성은 거의 없다고 평가하고 있습니다. 그래서 암수를 의심하는 겁니까? 설마 세계에 중계되는 대회에서 암수를 쓸 수 있겠습니까?"

"그렇게 분석했다니, 역시 한국에는 고수들이 많군요."

"아시다시피 군과 경찰에 수련을 한 요원들이 제법 있습니다. 그런 요원에게 미군도 훈련을 받지 않았습니까?"

"그런 교관에게 훈련을 받아도 내공을 배우지는 못했습니다. 그래도 복면고수 때문에 그런 교관의 교육에 대해 다시 평가하고 있습니다."

"말을 돌리지 마시고, 확실한 정보가 있는 겁니까?"

"아직 확실한 정보는 없습니다. 그래도 뭔가 믿는 것이 있으니 도전한 것이 아니겠습니까?"

"저희는 복면고수의 실력을 확인하려는 정찰병이라 보고 있습니다. 가네마로도 그런 정찰병이 아니겠습니까?"

"하지만 중국은 일본과는 입장이 다르지 않습니까?"

"그건 그쪽 언론 때문이 아닙니까? 지금 한국과 중국의 교역액이 한국과 미국의 두 배입니다. 그런데 그쪽 때문에 저희가 난처한 점이 많습니다. 중국은 이익보다는 자존심을 중요시하는 나라입니다."

"지금 꺾어 두면 한국에도 도움이 되지 않습니까?"

"다시 강조하는데, 중국의 지도층은 이익보다는 체면을 중요시합니다. 너무 몰아붙이지 않도록 하십시오. 하여간 그 점을 고려해 소명후에 대해 대비하도록 하겠습니다."

"미국은 한국의 우방이라는 점을 기억해 주십시오."

현재 중국과의 교역액이 미국과의 교역액보다 두 배였다. 중국과의 교역이 틀어지면 부도날 회사가 수두룩했다. 이제 한국은 미국보다는 중국의 눈치를 봐야 할 처지였다.

그래도 한국과 중국은 해결할 일이 남아 있었다. 북한 문제가 해결되어야 한국은 중국과의 관계를 재정립할 수 있었다. 그전까지는 지금처럼 정치와 경제가 따로 움직이며 줄타기를 해야 했다.

아직은 한국의 우방은 미국이었다.

정수는 오랜만에 서울에 올라와 은정을 만났다.

한동안 수련 때문에 서울에 올라오지 못했다.

복면고수 열풍에 세계가 난리였으니, 은정과의 만남도 미루고 두문불출했다.

이미 복면고수는 격투기 세계를 넘어 세계의 정치 경제에 영향을 미치고 있었다. 무서울 것이 없고, 간이 부은 정수도 복면고수의 영향력 때문에 인터넷을 돌아다니면 심장이 벌렁거렸다.

이제 시간이 조금 지났고, 흔적을 감출 수 있는 심인검도 만들었으니 조금 여유가 생겨서 서울로 올라온 것이다.

—어! 서울에 올라왔어?

"응, 학교 앞이야."

—그래? 바로 나갈게.

정수는 오랜만에 은정에게 서울에 올라왔다고 전화했다.

빵빵!

정수가 은정을 기다리고 있는데, 길가에 검고 큰 외제차가 멈춰 서서 클랙슨을 울렸다.

클랙슨 소리에도 정수는 주변을 두리번거리며 은정을 찾았다.

빵빵!

재차 외제차가 소음을 내었다.

"정수야!"

아주 작은 소리가 들렸다. 정수는 소음 사이에서 은정의 목소리를 들었다. 목소리의 근원으로 고개를 돌리자 외자차가 보였다.

차 유리 너머에 은정의 모습이 보였다.

'아, 내가 빌려준 차지.'

구입한 외제차를 인도받을 때까지 잠시 빌린 차였다. 빌린 차를 몰고 내려가기 이상해 은정에게 빌려 주었다.

한데 그걸 잊고 한참을 두리번거린 것이다.

"아~ 은정아!"

"뭘 두리번거려? 설마 이 차 빌려 준 걸 까먹은 거야?"

"헤헤~ 잠깐 깜박했어."

"이걸 잊다니, 정말 바빴나 보네."

"그럼, 정말 바빴어. 그런데 이 차 몰고 다니기 겁난다면서 학교에도 타고 왔네?"

"보험사에서 보험증서에 내 이름 추가한다고 연락했어. 그러고 보니 이 차 네 이름으로 돼 있던데……."

"송 노사가 그냥 샀대. 안전하게 이런 큰 차 몰고 다니래."

"그분이 부적 가르쳐 준 분이지?"

"응, 부적은 송 노사에게 배웠어. 송 노사가 내가 스포츠카 사려고 하니, 이 차를 뇌물로 쓴 거야."

"스포츠카 사려고 했어?"

"스포츠카 타야 더 멋있잖아."

"그건 위험하잖아."

"그것도 비싼데 안전하겠지."

"그래도 이런 차보다는 위험하지. 그리고 너 면허 딴 지 겨우 한 달이잖아. 위험하니까 스포츠카는 몰지 마. 그리고 스포츠카보다 이런 차가 더 비싸고 좋아."

"정말 이 차가 더 좋아?"

"요즘에는 여자들도 외제차 사양은 줄줄 꿰고 있어. 그리고 스포츠카는 탑승감이 나빠. 이런 차가 더 좋은 거야."

"알았어. 은정에게 잘 보이려고 차를 산 건데, 그럼 스포츠카는 안 살게."

은정이 크고 묵직한 차가 좋다는 말에 정수도 순순히 스포츠카에 대한 미련을 버렸다.

정수는 막연히 스포츠카에 대한 환상이 있던 터라 은정의 말에 쉽게 설득되었다.

그런데 운전한 지 몇 주밖에 지나지 않았는데, 은정은 능숙하게 몰았다. 은정도 장롱면허였는데, 어느새 능숙한 오너드라이버가 되어 있었다.

그리고 걸친 것이 죄다 명품이라 강남 스타일이 진하게 우러 나왔다.

그러고 보니 몇 주 만에 은정의 분위기가 변했다.

왠지 업그레이드가 된 듯한 느낌이었다. 아무리 여자지만 너무 순식간에 변신을 한 것 같았다.

이제 대학생의 분위기를 찾기 어려웠다.

정수는 왠지 변한 은정의 포스에 주눅이 들어 조용히 있었다. 첫 단추를 잘못 뀐 영향이 점점 커지고 있었다.

"그런데 뭐 하느라 그렇게 바빴어?"

"응, 수련했어."

"진짜 수련했어? 힘든데 그걸 몇 주나 했다고?"

"십 년 넘게 한 건데 힘들지는 않아. 하여간 영감이 떠올라서 열심히 했어."

"그래? 예술가들도 영감이 떠오르면 미친 듯이 몰두한다는데, 너도 그런 모양이네?"

곡 하산학다

은정은 몇 주간 수련만 한다는 것이 상상이 되지 않아 의심의 눈초리를 보냈지만, 정수에게서 거짓말하는 기색이 없어 대충 이해하고 넘어갔다.

띠리리~

"응? 민주네? 근데 민주가 너 올라온 것도 아네?"

"아까 기차에서 문자했어."

"민주하고도 자주 연락해?"

"올라올 때 연락은 해. 대개 같이 만났잖아."

"그래?"

은정은 이제 민주도 경계를 하는 것 같았다. 정수를 결코 놓치지 않겠다는 각오가 보이고 있었다.

나이가 들수록 한눈에 반하는 경우는 없었다. 대개 호감을 가지고 만나다가, 정과 나이 때문에 결혼하는 경우가 보통이다.

물론 은정은 호감에서 탐욕으로 변하고 있었다. 사랑도 잘 키워야 좋은 열매를 맺을 수 있는데, 정수는 연애가 처음이라 실수가 많았다.

탐욕 때문인지 은정은 경계심을 보였다.

그러나 정수가 양다리나 어장 관리를 하는 것은 아니니 별말은 못했다.

물론 이제 민주를 연애의 위협 요인으로 보고 있으니 점점 경계의 수위를 높일 것이다. 언젠가 민주에게 전화하지 말라는 말까지 할 것이다.

그래도 아직 그런 기색을 보일 수는 없었다. 은정도 심하게 질투하는 것이 추하다는 것 정도는 잘 알고 있었다.

민주의 연락에 은정은 픽업을 위해 차를 돌렸다.

"계집애, 왜 요즘 잘 보이지 않는 거야?"

"학교 잘 다니고 있는데, 무슨 소리야?"

"우릴 피하는 건 아니지?"

"피하기는. 나 수업 꼬박 들었어. 강의실에서는 보잖아."

"수업만 끝나면 없어지니 그렇지."

"차 때문에 그런가? 차를 타고 다니니 동선이 엇갈리나?"

은정의 급격한 변신은 차 때문이다. 차 때문에 일상생활이 변하니 분위기가 변하고, 친구들과도 엇갈리는 것이다.

"그런가? 그런데 사고 나면 어쩌려고 차를 몰고 다녀? 사고 나면 집이라도 팔아야 하잖아."

"보험에 나도 운전자로 추가됐어."

"보험? 이 차, 렌트 아니야?"

"이 차, 정수 거야."

"설마…… 이 차 사 달라고 정수를 조른 거야?"

렌트한 차가 정수 명의라는 말에 민주의 눈이 빛났다. 드디어 꼬투리를 잡았다는 표정이었다.

정수의 등골을 빼먹는 은정을 이번 기회에 손보려는 듯한 기색이었다.

왠지 서늘한 분위기에 정수는 조용히 눈치만 보고 있었다.

"조르기는. 스포츠카 사지 말라고 정수 스승님이 사 주셨대. 위험한 스포츠카 대신에 이런 차를 타래."

으득~

"그으래? 그렇지, 스포츠카는 위험하지. 정수야, 인도를 기다리는 차가 스포츠카야?"

"아니요. 송 노사가 위험하다고 그거 사지 말라고 해서 큰 차 샀어요."

민주의 굳어 버린 인상에 위축된 정수가 존댓말까지 쓰며 스포츠카는 사지 않았다고 변명했다.

"그럼 차가 두 대네? 이 차는 어떻게 하지? 팔 거야?"

"선물받은 차인데 팔기는? 이건 은정이가 계속 몰아. 서울 올 때마다 나 태워 주면 되잖아."

"호호, 그래? 그럼 내가 정수의 운전기사가 되어 주지."

으드득으드득~

"배고프다, 밥 먹으러 가자. 오늘 왠지 칼질을 하고 싶네."

"그래? 내가 이번에 좋은 데 알았는데, 거기 가자. 나도 운전자로 등록됐다고 벤츠 매장에서 상품권과 명품관 안내를 많이 보내더라."

으득으득~!

은정의 염장질에 민주의 이빨이 저절로 갈리고 있었다.

정수는 여자 친구들이 순식간에 원수가 될 수도 있다는 것을 알게 되었다.

소명후는 호텔에 머물고 있었다.

호텔은 보통 점심시간에 객실 청소를 한다.

소명후가 투숙하는 호텔 별관도 손님이 식당에서 점심을 먹는 사이에 청소를 하려고 서두르고 있었다.

그러나 오늘 청소 시간에는 이상한 광경이 펼쳐지고 있었다. 청소원 대신 건장한 남자들이 소명후의 객실에 몰려 있었다.

"벌레 설치는 다 끝났습니다."

"짐 수색은?"

"옷과 속옷뿐입니다. 잘 찍고 샘플도 채취했습니다."

"상표도 추적하고 샘플도 철저히 분석해서 이상을 찾도록 해. 그리고 감각이 예민한 고수니, 티 안 나게 잘 넣어둬."

"제가 옷과 속옷 접는 것만 십 년 넘게 했습니다. 절대 수색한 것을 눈치채지 못할 겁니다. 그리고 홈 어드벤티지라는 것도 있지 않습니까? 한국에 왔으니 이런 것은 감수하고 있을 겁니다."

"위에서 독침을 언급했으니 신발과 양말도 살펴봐. 영화에서 보니 신발에서 독침이 나오는 경우도 있더라."

"신발과 양말도 철저히 살폈습니다. 중국 당화라 뭘 숨기기도 어려운 구조입니다."

"팀장님, 소명후가 식사를 마쳤다고 합니다."

"그럼 철수하지. 떨어진 것은 없는지 다시 살펴보고 물러난다."

미국의 경고까지 받은 한국 정부는 소명후가 식사하는 틈에 보안 수색을 실시했다. 도청기는 덤이었다.

그래도 수백 년간 이어 온 암살 조직의 암수를 일반인이 발견하기는 어려웠다. 절혼침이라는 독침을 방에 둘 리도 없었다.

소명후는 식사를 마치고 별관 옥상에서 잠시 산책을 하다고 룸으로 돌아왔다.

아직 주변에서 기자들이 지켜보고 있어 외부로 나가기는 신경이 쓰여 별관에만 머물고 있었다.

'흠, 냄새가 다르군. 몇 명의 남자가 침입했군. 냄새가 배일 정도면 꽤 오랫동안 머물렀어. 기자보다는 요원이겠군.'

방을 수색했던 요원들은 보이는 것에만 집착했지만, 소

명후는 고수 급 암살범이었다. 일반인과는 관점과 감각이
달랐다.

소명후는 냄새로 침입자의 존재를 눈치챘다.

보통 사람들은 강한 자극 외에는 후각을 잘 쓰지 못한다.
그러나 후각은 무의식에 미치는 영향이 컸다.

암살의 성패는 후각에 달렸다고 할 수도 있었다. 의식하
지 못하더라도 무의식은 후각에 많이 의존하고 있다. 평소
맡지 못한 냄새가 나면 사람은 본능적으로 경계를 하기 마
련이다.

살기도 냄새로 알 수 있었다. 살기를 띤 상대는 호르몬이
넘쳐 강하고 위험한 냄새를 뿜어내게 된다.

그런 건 본능에 각인된 것이라, 평범한 사람도 살기를 느
낄 수 있다.

후각과 냄새에 대한 비밀은 사람을 죽이는 암가에서 잘
분석해 비전으로 이어 오고 있었다.

그리고 암살자로 단련된 소명후는 자신의 냄새를 조절할
수 있는 살수였다. 방에 침입한 사람의 냄새 정도는 바로
파악할 수 있었다.

그러나 소명후는 그런 내색을 하지 않았다. 이미 이런 경
우도 예상하고 있었다. 암수의 증거를 찾을 수는 없을 테니
대회까지 조용히 기다리면 된다.

'수색까지 하다니, 한국도 의심은 하고 있군. 아니, 요

즘 기사들을 보면 배후는 미국인가? 그래도 절혼침을 찾지
는 못한다. 대회가 기다려지는군.'

"이건 뭡니까?"
"VIP용 다기 세트입니다. 위에서 지시가 있지 않았습니
까?"

VIP가 관람하는 R좌석 응대를 맡은 호텔 이벤트 팀은
난관을 만나게 되었다. R좌석은 테이블을 두어 서빙을 하
게 된다. 주 경기장이 넓으니 가능한 사치였다.

그런데 한 VIP가 따로 차를 마시겠다고 통보했다. 위에
서 뇌물이라도 받았는지, 허락된 사안이라 실무자는 어쩔
수 없었다.

"관람석에서 차를 마시겠다는 겁니까?"
"VIP입니다."
"그래도 그날 난리가 날 텐데…… 그런데 이거, 비싼
것 아닙니까?"
"300년 된 다기입니다."
"그럼 우리보고 이걸 어떻게 하라는 겁니까? 제아무리
VIP고 위에서 지시가 있어도, 그런 위험을 감수할 수는
없습니다."
"그래서 제가 온 겁니다. 이 다기 세트는 미리 보안 점
검을 하고 봉인해 두십시오. 당일 차를 우려내는 것은 제가

하겠습니다."

"출입증은 있습니까?"

"네, 출입증은 있습니다."

"그럼 다기 세트는 비표를 붙여 금고에 보관하고, 당일 불출해 드리겠습니다. 그런데 이거, 보험은 들어 두셨죠?"

"300년 된 다기 세트인데, 당연히 보험이 있습니다. 혹시 모르니 당일 VIP 좌석 근처로는 접근하지 마십시오. 잔 하나라도 흠집나면 감당하기 어려울 겁니다."

보물 급 다기 세트를 가져온 수행원은 잔뜩 경고를 남기고 돌아갔다.

다기 세트를 담은 상자에 비표를 붙여 봉인한 담당자는 조심스럽게 금고에 넣었다. 자칫 다기를 깨기라도 하면 인생이 끝나니 절로 손이 떨렸다.

"휴우~ 그런데 16호 좌석은 누구야?"

"일본의 무슨 회장이라는 놈입니다."

"일본 놈이야? 그런데 이런 대회를 관람하며 무슨 차를 마시냐? 그것도 가보 같은 찻잔으로?"

"중요한 대결은 차를 마시며 관람하는 전통이 있다고 합니다. 일본 대사관에서도 협조 공문이 왔다고 합니다. 힘 좀 쓰는 놈인 것 같습니다."

"대사관까지 움직인 거물이야? 그런데 이거, 겁나서 서빙을 하겠어?"

"16호는 아예 접근하지 않으면 됩니다. 수행원이 알아서 하겠죠."

"하여간 단단히 주의를 주도록 해라. 혹시 지나다니다 부딪치기라도 하면 파산이다."

특이한 VIP 덕분에 16호 좌석은 접근 불가가 되었다.

보안 점검 때문에 미리 다기를 맡긴 수행원은 경기장을 나와 전화를 걸었다.

—법기는 준비되었나?

"네, 법기는 무사히 반입되었습니다."

사정은 알 수 없지만 왠지 뒤끝이 안 좋은 통화였다.

일본도 열심히 암수를 준비하고 있었다.

물론 이런 것들은 정수에게 진정한 위협은 되지 않았다.

역시 한국 사람에게는 한국 정부가 진짜 위협이었다.

읍사무소의 예비군 사무실에서 정수를 위협하는 음모가 만들어지고 있었다.

"읍대장님, 위에서 자원이 모자란다고 실적 좀 만들라고 합니다."

"시골에 젊은 놈이 얼마나 있다고 우릴 갈궈? 젊은 놈이 있어야 보내지."

"이번 기수는 이상하게 자원이 모자란다고 채우라 합니다. 감찰까지 거론하며 난리입니다."

"에이, 그러면 영농 후계자들 좀 조사해 봐. 농사 안 짓고 집에 없는 놈들 조사해서 보고해."

"그럼 농민회에서 난리를 칠 텐데⋯⋯."

영농 후계자도 산업 기능 요원처럼 대체 복무 개념으로 군대에 가지 않는다.

그래도 영농 후계자가 농사짓지 않고 딴짓을 하는 경우가 많았다. 산업 기능 요원이야 사업주가 관리하지만, 영농 후계자는 군청에서 관리하고 있었다.

읍대장은 위에서 감찰까지 거론하자, 몇 명 시범 타자로 보낼 수밖에 없었다.

그리고 다음 공문을 확인했다. 신검 대상자에 대해 보고하라는 공문이었따.

남자가 20살이 되면, 지방 병무청에서 신검 통지를 한다.

그러나 지역 예비군 사무실에서 크로스 체크하기 마련이다. 직접 발로 뛰고 현지 사정을 아는 곳이 예비군 사무실이기 때문이다.

그런데 최근 젊은이가 줄어들며 군대에 갈 자원이 줄어들고 있었다. 병력 자원이 많던 시절에는 학력이나 신체 문제를 고려해 알아서 빼기도 했지만, 요즘에는 기준이 많이 내려가 있었다.

그래서 겨우 중등 학력 검정고시만 본 정수도 신검 통지

기준에 걸쳐 있었다.

그래도 절에 사는 김 도령 하면 제법 유명해서 정수를 명단에 올리지는 않았다. 병력 자원 현황 보고를 하며 특례 사례로 보고하면 따로 처리가 된다. 신검을 해도 면제될 확률이 100프로니 당연한 일 처리였다.

지금 읍대장도 정수가 지문 찍으러 와서 온몸에 붉은 반점이 돋는 광경을 직접 본 사람이었다.

"위에서 까라면 까야지. 그리고 김 도령도 명단에 올려."

"김 도령이요? 절에 산다는 그 김 도령이요?"

"이게 빠져 가지고. 군대는 다나까로 끝나는 거야."

"놀라서 실수했습니다. 그래도 저 정도면 군기가 바짝 든 겁니다. 그런데 김 도령에게 영장 보내도 되겠습니까? 저도 김 도령 소문은 들었는데……."

"위에서 우릴 갈구니 우리도 땡깡을 부려야지. 김 도령이 신검장에서 게거품 물고 쓰러지면 난리 나겠지."

"진짜 사고 나면 어떻게 합니까? 김 도령은 담배 냄새만 맡아도 쓰러지는 환자 아닙니까??"

"그러니까 보내는 거다. 거기서 쓰러지면 누군가 혼비백산하겠지."

"김 도령 집안에 돈 좀 있다고 하던데……. 그래서 그런 겁니까?"

"무슨 소리야? 어차피 신검 통지는 병무청에서 하는 거잖아."

"에이, 또 신검 빼주겠다고 꾀어서 돈 좀 긁어내려는 것 아닙니까? 그런데 김 도령은 뒷배도 있는 것 같은데, 조심하십시오."

"나도 먹고살아야지. 그런데 변호사 얘기 진짜야?"

"진짭니다. 로펌 변호사가 수시로 왔다고 합니다. 김 도령 사는 집 지을 때 초고속으로 처리되지 않았습니까? 그리고 부적 얘기도 있습니다. 어려서 입산수도한 것이니 신통하다고 합니다. 그것 때문에 고위층이 찾는다는 말도 있고, 하여간 말이 많습니다."

"으음, 그래도 군대 일인데 어쩌겠어."

"하여간 저는 모르는 일입니다."

"사병이 무슨 책임이 있다고 빼는 거야? 그냥 그렇게 처리해."

병무청에서는 정수의 사정을 알 리가 없으니 나이가 차면 신검 영장을 보낼 것이다.

아무래도 읍대장의 과외 수입을 위해 정수도 신검을 받을 것 같았다.

암살 위협보다 더 치명적인 위험이 정수를 기다리고 있었다.

"어라? 웬 편지지? 또 무슨 청구선가?"

은정과 데이트를 끝내고 집으로 내려온 정수는 편지통에 꽂힌 편지를 받았다. 대부분의 청구서를 자동 이체와 이메일로 처리해 거의 편지가 없는데, 오늘은 편지가 꽂혀 있었다.

"어라? 병무청? 설마? 아니겠지."

정수는 떨리는 손으로 편지를 개봉했다.

"윽! 이런 복지부동, 무사안일, 책상물림들 같으니라고! 학교도 안 간 내게 영장을 보내냐? 미리 읍사무소에 약을 쳤어야 했나?"

정수는 읍사무소에 약을 치지 않을 것을 안타까워했다. 학력도 낮고 병도 있으니 조금 안심한 면이 있었다.

"그래도 신검장에서 피부를 벌겋게 하면 면제는 되겠지. 그래도 기분이 좀 그렇다. 왠지 으스스해."

면제가 확실한 신검 통지지만 정수는 왠지 기분이 이상했다.

"그럼 미리 연습해 볼까?"

몸을 보호하는 기운이 약한 정수의 체질은 여전했다.

그래서 몸을 보호하는 호신진기를 끊으면 발진은 여전히 일어난다.

정수는 미리 연습하는 심정으로 호신진기를 끊어 발진을 일으켜 보았다.

그러나 정수가 잊고 있는 것이 있었다. 최근 중단전이 완전히 채워진 것이다.

정수의 경지는 몇 단계 올라서 있었다. 이제 의식하지 않아도 자연과 동화되고 교류하고 있었다.

아직 자기 수준을 의식하지 못하고, 발휘하지도 못하고 있지만, 그래도 경지가 낮아지는 것은 아니었다. 기운의 질도 과거와는 달랐다.

"어라? 왜 발진이 안 일어나지? 담배 냄새라도 맡아야 하나? 집 안도 충분히 지저분한데……."

의식적으로 몸을 감싼 기운을 거뒀지만 정수의 피부는 멀쩡했다. 집 안은 여전히 쓰레기장처럼 지저분해 자극적인 요소가 많은데, 아무런 반응이 없었다.

"설마 체질이 고쳐진 것은 아니겠지? 허허, 설마 이 순간에 이러면 안 되지. 설마…… 설마?"

걱정이 된 정수는 급히 집을 나와 등산로로 향했다. 거긴 정수와 상극인 담배 냄새가 나는 곳이었다.

"이러면 안 되는데……."

정수는 처음으로 일부러 담배 냄새를 찾아 움직였다.

'킁킁. 윽, 냄새. 역시 담배는 안 좋아.'

정수는 담배를 피우는 등산객을 따라갔다.

그러나 여전히 피부는 말짱했다.

이미 자연과 동화되는 경지에 이르러 억지로 몸을 감싼 기운을 거둬도 소용이 없었다. 내기를 거둬도 자연의 기운이 알아서 정수를 보호하고 있었다.

'이럴 수가! 이 시점에 체질이 바뀌며 어쩌라는 거야? 내 청춘 어떡하냐? 군대 가서 2년 동안 삽질을 해야 하나? 그런데 지금 군대 가면 은정은 고무신 거꾸로 신겠지?'

은정을 생각하자 정수의 마음은 더욱 우울해졌다.

정수가 인터넷을 돌아다니며 귀동냥한 바로는, 남친이 군대 가도 끝까지 기다린 여친의 이야기는 찾을 수 없었다. 워낙 드물어 열녀문이라도 세워야 할 정도였다.

그래도 희망은 있었다.

'그래, 돈이면 안 되는 것이 없지. 당장 최 변호사에게 전화를…… 하면 안 되는구나. 지금 전화하기는 어렵지. 그래도 핑계는 많으니 돈 좀 쓰면 되겠지. 병역 비리 유명하잖아. 하하~!'

겨우 희망을 발견한 정수는 다시 정신을 차리고 집으로 돌아왔다.

'그렇지. 대충 몸을 벌겋게 만들면 되잖아. 내공을 잔뜩 피부로 돌려 볼까? 그럼 좀 벌겋게 될까? 기운에서 양기를 분리해 볼까?'

당장 최 변호사에게 전화해 군대를 빼는 방안을 협의하기는 어려웠다. 정수도 상황이 심상치 않은 것은 잘 알고 있었다.

그래서 플랜 B는 있었다. 아파 보이게 만들면 되는 것이

다. 정수는 내공이 있으니 몸을 아파 보이게 만들 수 있었
다.

정수는 자신의 몸을 아파 보이게 하기 위해 인체 실험에
들어갔다.

2회 대회가 가까이 다가오고 있지만, 정수는 진짜 위협
인 신검을 피하기 위해 노력하고 있었다.

복면고수가 일으킨 사태를 수습하느라 국가 수뇌부가 움
직이고 있는 중국과 일본이 이 사실을 알게 되면 정수는 살
아남지 못할 것이다.

그래도 정수에게는 중국과 일본의 암수보다 신검 영장이
더 두려운 사태였다.

하여간 정수가 자신의 몸을 실험하는 사이, 2회 대회 날
이 코앞으로 다가오고 있었다.

6

밀종

療未遇西山之　　不療未遇西山之

蹲蹲行路咸以錢之蹲蹲行路咸以

春秋六十有二其年春秋六十有二其年

辭此下方齟齬乾他方辭此下方齟齬乾他方

墓　　　　墓

永隆二年□廿一日　永隆二年□廿一日

路賢人同鬼神而　　路賢人同鬼神而

'이제 좀 비슷하겠지?'

정수는 벌겋게 달아오른 몸을 거울에 비춰 보며 흐뭇하
게 웃고 있었다.

인체 실험을 거듭해서 피부를 울긋불긋하게 만드는 데
성공한 것이다. 내공을 이리저리 다루다 보니 이런 증상을
만들 수 있게 되었다. 반대로 창백하게 만드는 것도 성공했
다.

내공을 움직여 온갖 실험을 자신의 몸에 한 결과였다.

'휴~ 이렇게 증상도 일으키고, 돈과 인맥을 쓰면 면제
는 되겠지. 아차! 어서 올라가야지.'

시간을 확인한 정수는 서둘러 출발을 했다.

인체 실험에 매진하느라 미리 서울에 올라가지도 못했다. 차와 기차를 놓치면 2회 대회가 파탄 날 수도 있는 시간이었다.

그래도 하늘이 돕는지 콜택시도 금방 도착하고, 기차도 별 탈 없이 서울에 도착했다.

'아차, 변신해야지.'

서두르다 보니 실수가 있었다. 정수는 최 변호사가 올린 작전 계획을 떠올려 변신을 하고 움직였다.

양복 차림의 정수는 지하철역의 보관함에서 봉투를 챙겼다. 봉투에는 출입증이 있었다.

이 출입증을 이 보관함에 넣기 위해 최 변호사는 최대한 머리를 쥐어짜 여러 단계를 거치게 했다.

그런 대비 때문인지 정수를 주목하는 사람은 없었다. 복면고수를 추적하는 무리를 성공적으로 뿌리친 것이다.

정수는 보안요원으로 경기장에 들어가 안전한 장소에서 옷을 갈아입을 예정이었다.

우글우글~

휴일인데도 주 경기장으로 향하는 지하철에는 사람들이 넘쳤다. 대부분 정수처럼 주 경기장으로 향하는 사람들이었다.

복면고수의 복장을 한 용감한 사람도 있었다. 창피할 만도 한데, 정말 용감하거나 미친 것 같았다.

물론 오덕일 수도 있었다.

"이번에는 복면고수가 두 수를 쓰게 될까?"

"짱깨와 단무지도 발경을 할 수 있으니, 한 방으로는 어렵겠지."

여기저기에서 이번 대회에 대한 말이 나왔다.

역시 관심은 소명후와 가네마로에 집중되어 있었다.

"그래도 복면고수에게 되겠냐? 복면고수의 진각에 경기장이 출렁거렸잖아."

"눈을 감은 내내 내공을 잔뜩 모아서 진각을 펼쳤다는 분석도 있잖아. 필살기는 보통 그렇게 힘을 모아 쓰는 거잖아."

"그럼 중국 놈들도 그렇게 해 보라고 하지? 그놈들은 겨우 하는 게 물을 출렁거리는 거잖아. 할 수 있으면 벌써 경기장을 흔드는 시범을 보였겠지."

"그렇기는 하다. 발경과 폭경, 격산타우도 대단하지만, 역시 복면고수에는 안 되지."

여러 곳에서 승패를 점치는 대화가 이어졌지만, 복면고수가 진다는 예상은 아예 없었다.

아직 대회장을 흔든 진각의 위력에 필적할 시범이 없는 영향이었다.

"그런데 인터넷에서 짱깨가 암수를 쓴다는 말도 있던데……."

"그 글 너도 봤냐? 자칭 전문가라는 사람이 짱깨의 마보는 영춘권, 장을 모으는 동작은 팔괘장, 허리를 쓰는 것은 당랑권의 기법이라고 분석했잖아. 그리고 경지를 논하면서 결코 복면고수에게 안 된다고 하며 암수를 걱정하는데, 진짜 전문가 같더라."

"짱깨와 단무지가 비슷한 경지인데 승리를 자신하는 것이 이상하다잖아."

"나는 짱깨보다 단무지가 더 세 보이던데. 단무지는 한 방에 두툼한 샌드백을 날렸잖아. 인터넷에 그 샌드백과 같은 것을 곡괭이로 찍는 영상도 있던데, 안 찢어지더라. 그걸 어떻게 한 방에 날렸냐?"

"발경이니 그런 게 가능하지. 하여간 그런 펀치는 스쳐도 사망이겠더라."

"그래도 그런 발경보다 다치게 않게 가격하는 복면고수 주먹이 더 대단한 거라더라. 그렇게 세심하게 힘 조절 하는 것이 더 어렵대."

"그렇기는 하겠다. 원래 완숙한 경지에 이르러야 그런 여유를 보일 수 있잖아."

"어디 무협지에서 본 대사냐?"

"허허, 하수는 모르는 얘기지."

"이런 대여점 폐인 같으니……."

경기장을 찾는 사람들은 모두 나름 예상과 평가를 하고

있었다.

끼익~

우르르~

드디어 전철이 경기장에 도착했다.

양복을 입고 변용을 한 정수도 사람들 틈에 섞여 경기장으로 향했다.

그래도 보안요원이니 출입구가 달랐다.

경기장에 도착한 정수는 출입증을 왼쪽 가슴에 끼고 스탭 통로로 향했다.

스탭들도 금속 탐지기와 몸수색까지 해야 경기장으로 들어갈 수 있었다.

정수는 최 변호사가 올린 지도와 바닥의 기호를 보고 목표인 탈의장을 찾았다. 보안요원들이 옷을 갈아입는 탈의장이었다.

최 변호사가 보조 변호사와 여직원, 보안 책임자들을 움직여 만든 다섯 곳의 탈의장 중 하나였다.

이곳은 믿을 수 있는 보조 변호사가 만든 락커였다.

그래도 조금의 이상이라도 있으면 다음 장소를 찾아야 했다.

정수는 락커 안에 있는 전파 탐지기와 적외선 탐지기를 꺼내 무선 신호와 렌즈를 찾았다.

안전을 확인한 정수는 복면고수의 옷과 신발, 가발을 착

용했다. 입고 온 옷은 보조 변호사가 알아서 처리할 예정이었다.

　복장을 갖추고 거울을 보며 변용까지 마무리한 정수는 경기장으로 향했다.

　드디어 복면고수의 등장이었다.

　탈의장을 나선 정수는 A급 관람석으로 향했다.

　경기장내에 정수처럼 복면고수 복장을 한 사람이 많아 시선을 끌지는 않았다.

　물론 정수의 솟구친 눈썹 때문에 힐끔거리는 사람은 있었다.

　그래도 정수처럼 복장을 갖추고 눈썹까지 올려붙인 오덕도 많아 말을 거는 사람은 없었다.

　비무대가 있는 운동장으로 가는 통로에는 백호경호의 팀장들이 있었다. 다섯 곳의 통로에 있는 팀장들은 특별한 명령을 받고 있었다. 바로 복면고수를 확인할 수 있는 암구호였다.

　운동장으로 향하는 통로에 도착한 정수는 백호경호의 경호원을 찾았다.

　복면고수 복장인 정수가 경호 1선으로 다가오자 경호팀장이 설마하며 수화를 보냈다.

　"알파 원."

"베타 쓰리."

"베타 쓰리, 접촉! A3으로 집결, A3로 집결."

경호팀장과 경호원 세 명이 정수를 가운데 두고 삼각진을 만들어 움직였다.

A3에 있는 경호팀의 호출에 여러 곳에 흩어져 있던 경호원들이 속속 모여들었다.

경호원들이 모이자 삼각진이 차츰 원형진을 이뤘다.

근접 경호요원들이 움직이자 눈치채는 사람들이 있었다.

"VVIP입니까?"

"진짜 복면고수입니까?"

"예행 연습입니다."

보안 센터에 있는 경호원들은 연막을 피우며 대답을 회피했다.

그래도 손으로 하늘을 가릴 수는 없었다.

곧 총을 든 경찰특공대까지 합류하자 복면고수의 등장이 알려졌다.

인파에 가려 보이지는 않지만, 경호원과 경찰특공대의 움직임만으로 상황을 알 수 있었다.

"복면고수다!"

"복면고수 님! 이번에도 한 방에 보내요!"

"와아아~!"

복면고수의 등장에 경기장에 모인 관중들의 소란과 응원,

함성이 있었다.

갑작스런 복면고수의 등장에 보안 센터에 소란이 일었다.

"VVIP 이동 계획과는 다르지 않습니까?"

"안전을 위한 백업 플랜입니다."

"그럼 VVIP룸에 있는 사람은 백업입니까?"

"경호요원 중 한 명입니다."

"이렇게 무단으로 일을 벌이면 안전을 장담할 수 없습니다."

"의뢰주의 요청이라 어쩔 수 없었습니다. 이것 말고도 펼쳐진 작전이 많습니다. 저도 복면고수가 어디서 올지 모를 정도입니다. 그리고 솔직히 권총을 사용해도 복면고수가 위험한 경우가 있겠습니까? 진짜 위협은 카메라입니다."

"하여간 협조가 안 되면 경호에 허점이 발생합니다. 그리고 제가 걱정하는 것은 저격입니다. 저렇게 움직이다가는 사선이 나올 수 있습니다."

"그 점은 의뢰주에게 말해 보겠습니다."

"다음에는 벽과 지붕이 있는 안전한 통로를 이용하도록 하십시오. 제가 지도에 표시를 해 두겠습니다."

보안 센터에서 소란이 일어났지만 정수는 무사히 경기장으로 들어갈 수 있었다.

비무대에 있는 복면고수의 대기 장소는 세 방향에 벽이 있었다. 저격을 고려해 만든 벽이었다.

그래도 정면은 트여 있어 복면고수의 모습을 카메라로 잡을 수 있었다.

복면고수가 대기석 의자에 앉자 환호하던 관중들도 착석을 했다.

'아함, 졸려. 빨리 경기나 하지.'

자리에 앉은 정수는 억지로 하품을 참으며 경기를 기다렸다.

수많은 사람들이 지켜보고 환호하고 있지만, 두 번째라 그런지 예전처럼 긴장되지는 않았다.

심인법으로 중단전도 막아 둬 사람들의 마음이 느껴지지도 않았다.

그저 어제 늦게까지 인체 실험을 하느라 피곤할 뿐이었다. 피곤하니 저절로 하품이 나왔다.

그래도 전 세계가 지켜보고 있는데 하품을 할 수는 없었다. 정수는 나오는 하품을 억지로 참아 봤다.

그런데 나오는 하품을 억지로 참는 것이 꽤 힘들었다. 참는다고 억지로 입을 닫고 있는데 티가 났다.

"복면고수께서 어제 잠을 설쳤나 봅니다."

"그런 것 같군요. 하품을 참으시는 것 같습니다. 눈물도 약간 맺히는 것 같습니다."

"고수도 하품 같은 생리현상은 어쩔 수 없는 것 같습니다."

"그런데 복면고수 님도 중국과 일본의 도전자 때문에 걱정하신 것은 아니겠지요?"

"설마 그렇겠습니까? 많은 무술가들이 도전자의 실력으로는 복면고수 님을 이기기 어렵다고 장담을 하고 있습니다."

"그럼 무엇 때문에 복면고수께서 잠을 설치셨는지 궁금하군요. 복면고수께서 혹시 결혼이라도 하셨을까요?"

"산에서 수련만 하신 분이 결혼을 하기는 어렵겠죠. 복면고수께서 결혼을 할 연령인데, 걱정입니다."

"그렇죠. 복면고수 님 같은 분이 후손을 두지 않는 것도 문제입니다. 산에서 수련하시는 분이지만 한민족을 위해 후손은 두셔야 합니다."

하품을 참는 정수를 보며 중계진들은 결혼과 후손 이야기까지 했다.

다른 나라에서는 무슨 말을 하고 있을지 걱정이 되는 장면이었다.

주 경기장은 굉장히 넓은 곳이다. 관람석에서 보면 복면고수가 거의 보이지 않을 정도였다.

그래도 비무대 옆에 준비한 VIP용 R석에서는 복면고수를 눈앞에서 볼 수 있었다.

보물 급인 다기로 차를 우려내는 16호 좌석의 수행원도 복면고수가 등장하자 시선이 돌아갈 수밖에 없었다.

'저게 복면고수인가? 고수 같은 기세는 보이지 않는데⋯⋯.'

"사이토, 준비하게."

"네, 법사님."

16호 좌석에는 나이 지긋한 노인이 앉아 있었다.

사이토는 노인의 지시에 다기에 차를 담아 테이블에 정갈하게 내려놓았다.

그러자 노인은 좌석에서 가부좌를 틀고 눈을 감으며 명상에 잠겼다.

'뭐지? 중단전은 완전히 닫았는데⋯⋯.'

16호 좌석에 다기들이 배치되고 노인이 눈을 감는 순간, 정수는 무언가를 느꼈다.

그러나 또 중단전에 사람들의 마음이 닿았나 해서 신경을 끊었다. 이벤트도 있어 잠시 느꼈던 위화감을 신경 쓸 수도 없었다.

대회전에 이벤트가 있었다.

중국도 여러 시범을 보였으니, 복면고수도 무언가 선보이기로 한 것이다.

그런 이유로 비무대에 나무와 철 기둥, 항아리가 올려졌다.

모두 기자들과 관중들의 확인을 거친 것들이었다.

기둥과 항아리에는 손자국과 발자국, 낙서도 있었다.

관객의 확인을 위해 경기장 입구에 잠시 두었더니, 입장하는 관중들이 아주 철저히 검증한 것이다.

이벤트 준비가 끝나자 정수가 일어섰다.

그런데 정수는 최 변호사가 준비한 검에는 손을 대지 않았다.

오늘을 위해 준비한 심인검이 있기 때문이다.

수련을 하며 심인검으로 나무와 철근을 자를 수 있다는 것을 확인해서 굳이 검을 들지 않았다. 파지법만으로 문파를 알아볼 사람도 있으니, 아예 여지를 주지 않으려는 것이다.

정수가 검을 들지 않고 움직이자 조용히 곁에 있던 최 변호사가 입을 열었다.

"복면고수 님, 여기 검을 가져가셔야……."

취리릭~!

정수는 망토에 심인검을 담아 공기를 가르며 대답을 대신했다. 목소리로 추적할 수도 있으니, 정수는 말하는 것도 주의하고 있었다.

"오오오~!"

망토가 칼날처럼 허공을 가르자 관중들이 술렁거렸다.

정수는 준비운동으로 망토를 움직였다.

취리리릭~

쇄액!

"오오오~!"

"무슨 아티펙트인가?"

"동양이니 법보지."

"그런 것보다는 첨단 과학이 더 설득력 있어. 나노 입자 같은 것으로 만든 망토인가?"

"진짜 그런 게 있을까?"

"저거, 망토에 내공을 넣은 것 아니야? 무협지에 그런 것도 있잖아."

"맞아. 그런 절기가 있었지."

관중들은 복면고수의 움직이는 망토를 보며 여러 추측을 하고 있었다.

그래도 중계진은 중계를 위해 무협지를 탐독했는지 바로 절기 이름이 튀어나왔다.

"오오, 저건 소매에 내공을 넣어 무기로 쓰는 절기 같습니다. 마치 소림사의 반선수와 같은 절기 같습니다."

"반선수 같은 것은 상상이지만, 이건 현실입니다. 복면고수 님께서 망토에 내공을 넣어 검처럼 쓰려는 것 같습니다. 내공이 높으시니 저런 절기도 펼칠 수 있는 것 같습니다."

"그렇습니다! 저건 내공의 힘입니다!"

쏴악~

쇄액~

우웅~!

정수는 기둥을 향해 걸으며 심인검을 움직이는 연습을 끝냈다.

그러나 정수는 쇼를 보일 생각도, 경험도 없었다.

정수는 뚜벅뚜벅 걸어서 나무 기둥과 철 기둥 곁을 지나쳤다. 보법을 보이지 않도록 나름 신경 쓴 걸음걸이였다.

쇄액~

사악~

터덩!

정수가 걷는 사이, 망토는 공기를 가르며 나무 기둥을 갈랐다.

힘없이 잘라지는 것은 철 기둥도 마찬가지였다.

사악~

휘이익~

터덩!

마치 장난처럼 철 기둥이 망토자락에 깨끗이 잘라졌다.

그래도 이벤트라는 점을 고려해 망토를 두 번 움직인 것이다. 기둥들은 두 조각이 나서, 바닥에 떨어졌다.

철 기둥도 천 조각에 불과한 망토에 전혀 저항도 못하고 잘라졌다. 검기의 위력이었다.

중단전을 완전히 채운, 완전한 검기의 위력이었다.

나름 최상급 절기인 관음천수의 기법으로 만든 심인검이
다. 마이너 버전이라도 보통의 검기와는 차원이 달랐다.

그래서 심인검이 망토에도 깃들고 자유자재로 움직일 수
있는 것이다.

굉장한 절기와 위력을 보인 시연이었다.

그러나 관중들의 환호가 없었다. 시범은 뭔가 그럴듯하
고 드라마틱하게 해야 하는데, 그런 요소가 부족했다.

어쩌면 환호할 타이밍을 잡지 못한 것일 수도 있었다.

워낙 가볍게 보인 시범이라 평범하게 보인 것일 수도 있
었다. 칼로 두부를 자른 것을 보고, 환호할 사람은 없는 셈
이었다.

하여간 이벤트로서는 정수의 시연은 낙제점이었다.

"음, 대단한 시범입니다."

"그렇죠. 복면고수께서 천으로 철 기둥까지 잘랐습니다.
그것도 아주 쉽게요. 철 기둥의 직경이 50밀리입니다. 전
기톱으로 잘라도 끄떡없을 철 기둥을 천으로 자르신 겁니
다."

"맞습니다. 아주 완숙한 검기의 경지를 보여 주신 겁니
다."

흥분 잘하는 중계진도 왠지 맥 빠지는 중계를 했다.

그래도 아직 물이 담긴 항아리가 있었다.

뚜벅뚜벅 걷던 정수가 항아리에서 두 걸음 떨어진 곳에서 멈춰 섰다.

그리고 망토를 휘둘렀다.

그래도 망토가 항아리에 닿을 만한 거리는 아니었다.

물론 정수가 거리를 착각한 것은 아니었다.

이 정도 거리라면 심인검의 사거리 안이었다.

망토가 허공을 가른 영향은 바로 드러났다.

촤아악~!

철퍼덕!

항아리의 물이 하늘로 솟구쳤다.

그것도 항아리 바닥이 보일 정도로 대부분의 물이 솟구쳤다. 심인검이 무형의 기검이라 가능한 시범이었다.

하늘로 솟은 물은 다시 항아리로 쏟아졌다. 마치 큰 스푼으로 물을 들었다 내려놓은 것 같았다.

시범을 마친 정수는 다시 뚜벅뚜벅 걸어서 대기 장소로 돌아왔다.

"와아아아~!"

이번에는 임펙트가 있어서인지 관중들이 환호를 했다.

"오오~ 이건 중국이 보인 시범과는 비교도 되지 않는 위력입니다!"

"그렇습니다! 복면고수 님의 손과 망토가 항아리에 닿지도 않았습니다! 이건 장풍의 경지입니다! 내공의 고수인 복면고수 님께서는 장풍도 가능하다는 것을 보여 주셨습니다!"

"시청자 여러분, 복면고수 님께서는 장풍도 가능하다는 것을 보여 주셨습니다!"

"천으로 철 기둥도 자르시는데, 장풍 정도야 당연한 겁니다!"

"그렇습니다! 중국도 철을 가르는 시범은 보이지 못하지 않았습니까? 복면고수 님께서 완연한 실력 차이를 보여 주신 겁니다!"

중계진도 흥이 나는지 중국 고수의 시범과 비교하며 복면고수를 찬양했다.

중국의 어깃장에 정수도 나름 반격을 가한 이벤트였다.

시범이 끝나자 바로 경기가 시작되었다.

대련 상대들이 차례로 들어섰다.

그래도 고수에 대한 예우인지, 소명후와 가네마로는 따로 좌석이 있었다.

비무대에 심판이 올라오고 바로 경기가 시작되었다.

각 무술의 대가만 모은 대전 상대였다. 스포츠화된 무술이지만 한 우물만 판 대가들이었다.

그래서인지 다들 기세가 서려 있었다. 각 무술에 서린 도를 몸으로 체화한 것이다. 격투가가 아니라 수련자들이었다. 정수가 아니라면 쉽게 이기기 힘든 상대였다.

그래도 당사자나 관중이나 경기의 진행에 대해 추호의 의심은 없었다. 한 방에 끝나는 것이다.

수십 년간 한 우물을 판 수련자들이지만, 내공의 벽은 높았다. 고련을 거쳐 도를 담기 시작한 주먹도 맞추지 못하면 의미가 없었다.

"아아악~"

첫 상대의 비명을 시작으로 경기는 순식간에 끝나 갔다.

허무한 결말이지만, 상대방은 정수의 손길이 닿은 것만으로도 영광인 것 같았다. 다들 절도있게 인사를 하고 대련에 임했다.

여덟 명과의 대련은 순식간에 끝나게 되었다.

방송도 한 방으로 끝나는 상대보다는, 소명후와 가네마로의 표정을 클로즈업하고 있었다.

정수가 손을 쓸 때마다 둘의 반응이 화면에 나왔다.

세계의 관심이 두 사람의 대결에 쏠렸으니, 당연한 화면 배분이었다.

반쯤 눈을 감은 소명후는 보는 듯 마는 듯 모호한 표정과 눈길이었다.

가네마로는 눈에서 레이저가 쏘아져 나오듯이 뚫어지게 비무대를 지켜봤다. 복면고수의 수법을 보려는 것이다.

어느새 준비운동 같은 여덟 번의 대결이 끝나고 본 경기가 시작되었다.

다음은 가네마로의 차례였다.

"하압!"

가네마로가 갑자기 기합을 지르며 몸을 일으켰다.

기합으로 위축되고 긴장한 몸과 마음을 풀려는 것 같았다.

아무래도 복면고수의 실력을 직접 보고 위축된 것 같았다.

그 순간, 16호 좌석의 노인이 눈을 번쩍 떴다.

그리고 입을 열어 낮은 울림을 토해 내었다.

"웅얼웅얼~ 웅얼웅얼~"

한참을 웅얼거리던 노인이 두 손을 모았다가 다기를 가리켰다.

"수뢰옥(水牢獄)!"

화악~

노인의 입에서 기가 서린 음성이 튀어나오자, 신기한 일이 벌어졌다. 테이블에 있는 다기에서 찻물이 공중으로 기화한 것이다.

경기장과 온 세상의 시선이 비무대에 있어 찻물의 기화를 눈치챈 사람은 없었다.

기화한 연무는 정수를 향해 날아가 감쌌다.

부르르~

'좀 싸한데~ 감기인가?'

정수는 좀 축축하고 눅눅한 기분에 잠깐 감기를 걱정했다.

수뢰옥이라는 술법에 걸린 것이다.

보통 사람이 수뢰옥의 술법에 걸리면, 물에 빠진 환상을 겪어 공포심에 빠지고, 수기의 영향으로 관절이 굳어 버렸을 것이다.

물론 중단전까지 채운 정수이기에 거의 영향이 없었다.

체질까지 고쳐 버린 중단전의 영기가 이상한 수기를 가만둘 리도 없었다.

그래도 정수가 심인법으로 중단전을 닫고 있어서 감기 기운이나마 느낀 것이다.

어느새 가네마로도 비무대에 올라 인사를 하고 정권 찌르기 자세를 갖추고 있었다.

그 모습에 노인도 다급해졌다.

정수는 전혀 술법에 영향을 받은 모습이 아니었다.

분명 술법은 성공했는데 티가 나지 않았다.

'음, 술법을 극복할 정도의 경지인가? 이런 경우는 기록에도 없었는데…… 어쩔 수 없지. 설마 이것까지 쓸 줄은 몰랐는데…… 그래도 일본과 밀종을 위해서……'

노인은 다시 주문을 웅얼거리며 약지를 물어 피를 내었다. 그러자 약지에서 투명할 정도로 붉은 피를 흘러나와 다기를 채웠다.

노인은 피를 담으면서 더욱 정신을 집중해 주문을 외웠다.

밀종의 법사는 선천진기와 도력까지 소모하며 수뢰옥의 술법을 재차 시전하고 있었다.

주문 소리가 커지자 주변의 VIP들도 16석의 난동을 눈치채게 되었다.

사람의 신경을 곤두서게 만드는 주문이었다.

비무대를 보던 사람들도 절로 눈을 돌릴 수밖에 없는 주문이었다.

이 정도가 되자 중단전을 닫고 있던 정수도 눈치를 챘다.

그래도 앞에서는 가네마로가 전의를 높이고 있었다. 가네마로는 두 번이 통할 상대가 아니니, 주먹 하나에 모든 것을 걸겠다는 각오로 전의를 높이고 있었다.

아무리 정수라도 술법에 신경 쓰며 적당히 상대할 상대는 아니었다.

실력을 드러내면 손쉽게 쓰러뜨리겠지만, 지금은 보법을 감추려고 움직이지도 않고 있었다.

'이게 암수인가? 힘 좀 쓸까? 조금 전 싸한 게 술법이었나? 이거, 갈등되네.'

순간, 정수는 여러 생각을 했다.

그래도 머뭇거릴 시간은 없었다.

정수는 어쩔 수 없이 먼저 움직였다.

정수는 발목만 살짝 움직여 가네마로를 향해 몸을 날렸다. 먼저 눈앞의 가네마로를 처리한 후, 등 뒤의 술법을 상대할 생각이었다.

복면고수가 몸을 날리자 가네마로도 순간 몸을 날렸다. 몸을 등 뒤로 한껏 폈다가 접으며 그 힘을 모두 정권에 실었다.

우웅~!

복면고수가 접근하며 타격점이 줄어들었지만, 가네마로는 짧은 순간 발경을 펼쳤다.

휘리릭~

그 순간, 복면고수의 망토가 움직였다.

엄청난 위력인 가네마로의 발경도, 복면고수의 내공에 비할 바는 아니었다. 심인검을 담은 망토가 가네마로의 정권을 감싸 타점과 경을 흩어 버렸다. 샌드백을 일격에 분쇄한 주먹이 얇은 망토를 어쩌지 못했다. 내공과 절기의 차이가 컸다.

투웅~!

그리고 이어서 망토가 가네마로의 다리를 가격했다.

제법 묵직한 소리가 났다. 가네마로가 고수라 제압을 위해 경을 담은 것이다. 술법의 암습도 고려해서 조금 더 많은 기운을 실었다.

휘리릭~

가네마로를 처리한 정수는 망토를 움직여 몸을 돌렸다. 보법대신 망토를 움직여 몸을 돌린 것이다. 아직 여유가 있어서인지 실력을 철저히 감추고 있었다.

몸을 돌린 정수는 술법을 펼치는 상대를 찾았다.

그 순간, 심인법으로 막아 둔 중단전도 열어젖혔다. 심상치 않은 기운이 느껴졌으니 어쩔 수 없었다. 술법은 워낙 비밀이 많고 위험해, 미리 최선의 준비를 갖춘 것이다.

우웅~

족히 수십억의 마음이 밀려들었다.

정수가 아직 중단전을 제대로 다루지 못하니 밀려드는 사람들의 마음을 조절할 수가 없었다.

수십억 사람들의 마음에 동조한 중단전 때문에 천지가 울렸다.

'으윽~!'

가슴이 터질 것 같은 고통에 정수는 순간 인상을 쓰며 심인법으로 마음을 닫았다.

그 순간, 법사의 생명력과 도력이 담긴 술법이 펼쳐졌다.

다기에 담긴 선혈이 붉은 안개로 화해 정수를 향해 날아왔다.

취리릭~!

심인검은 기검이라 위협을 느끼자 바로 움직였다.

촤악~!

심인검이 담긴 망토가 날아오는 붉은 안개를 갈랐다.

우웅~!

몸을 해하는 기운이 못마땅한지, 중단전의 영기도 주변의 대기를 움직였다.

술법의 핵심이 심인검에 갈라지고, 천지를 울리는 공명에 수뢰옥의 술법이 깨어졌다.

정수의 경지에 비해 수뢰옥 정도의 술법은 정말 사소한 것이었다. 술법이라 정수가 너무 과잉 대응한 것이었다. 생명을 담은 술법도 경지의 차이를 어쩌지는 못했다. 밀종 법사의 선천진기와 도력이 담긴 술법에 당했어도 큰 피해는 없었을 것이다. 술법에 당했어도 몸살 정도였다.

"우웩~!"

술법이 깨지자 법사는 입으로 피를 토하며 쓰러졌다. 술법이 실패하면 그 반동은 술사에게 돌아가기 마련이다.

다기라는 법기가 있지만 반동을 온전히 막기는 어려웠다.

'휴우~ 술법은 처음으로 당하네? 그런데 저놈인가? 그러고 보니 저건 법기잖아? 하여간 일본 놈들이란……'

정수는 상대를 확인하고 기분이 상했다.

괜히 혈 자리에 박혀 있던 철주도 생각났다.

휘익~!

정수는 심인검을 움직여 망토의 일부를 잘랐다.

그리고 망토 조각에 기운을 담아 다기를 향해 날렸다.

쩌엉~!

우우웅~!

기운이 담긴 망토 조각은 다기를 꿰뚫고 박혔다.

그러자 다기에서 서늘한 기운이 새어 나오며 귀기가 흘렀다. 법기가 깨지며 쌓였던 귀기가 흘러나오는 것이었다. 오래 묵은 만큼 많은 귀기를 담은 법기였다.

"어어~"

주변의 VIP들도 귀기를 느끼고 허둥지둥 몸을 피했다.

R석은 순식간에 아수라장이 되었다.

"이건 뭔가요? 복면고수께서 쓰러진 가네마로는 신경도 쓰지 않은 채 관중석을 주시하고 계십니다."

"그런데 복면고수께서 뭔가 붉은 안개를 망토로 가르신 것 아닙니까? 또 망토 조각도 잘라서 날리신 것으로 보입니다."

"그런가요? 하여간 한 관중이 피를 토하고 있는데, 복면고수께서 그걸 보고 계신 것 같습니다."

"관중들도 그 주변에서 서둘러 피하고 있습니다."

"아! 확인되었습니다. 초고속 카메라로 확인해 본 결과, 복면고수 님이 망토 조각을 날린 것으로 보입니다. 확인해 보니 망토 조각이 한 좌석의 찻잔에 명중했습니다."

비무대에는 수십 대의 카메라가 있었다. 그중 반은 복면 고수의 빠른 움직임을 담기 위한 초고속 카메라였다.

곧 느린 화면으로 복면고수의 움직임을 알아내서 중계를 했다.

술법사가 피를 토하고 법기도 부쉈으니 일단 암수는 막은 셈이었다.

정수는 다시 대기 장소로 움직였다.

그리고 최 변호사를 불렀다.

최 변호사는 근접 경호원에게 신호를 했다. 경호원들은 방패를 전달받아 주변을 차단했다. 집음기를 막기 위한 조치였다.

정수는 최 변호사에게 귓속말로 술법과 자신의 대응에 대해 설명했다. 법기인 다기도 챙겨 두라고 지시했다.

복면고수가 운영진에게 뭔가 사정을 설명하고, 피를 토한 관중도 있어 경기는 잠시 지연되었다.

이런 상황에 관중들은 혼란스러워했다.

그 와중에 다리뼈가 부서진 가네마로는 구급차에 실려 병원으로 향했다.

가네마로는 정수의 망토에 맞는 순간 의식을 잃어버렸다. 다리가 부러진 충격 때문이 아니라, 무거운 경이 심혼을 흔들어서 정신을 잃은 것이다.

다리가 부러지고 내상을 입었지만, 그래도 치명상은 아니었다.

반면에 밀종의 법승은 거의 숨이 넘어가고 있었다. 선천진기와 도력을 소모하고 술법까지 실패했으니, 목숨을 건져도 최하 반신불수였다.

장내가 소란스러워졌지만 방송에서는 초고속 카메라에 찍힌 가네마로와의 대결을 내보내고 있었다.

초고속 카메라는 가네마로의 일점에 집중한 정권과 복면고수의 망토의 움직임을 잘 잡아 내었다.

그리고 의식을 잃은 가네마로에 대한 동향도 자세히 알렸다. 의식을 회복하지 못하고 있지만, 바이탈에 큰 이상이 없다는 속보가 이어졌다.

각국의 방송에서는 가네마로가 한국과 사이가 나쁜 일본인이라 심하게 손을 썼다는 분석도 있었다.

그래도 상대가 강하니 봐줄 수 없었다는 분석도 있었다.

복면고수가 가네마로의 다리를 가격했으니, 심한 비난은 없었다. 몸통이나 머리가 아닌 다리를 가격한 것은 상대를 배려한 것이기 때문이다. 다리가 부러진 정도야 치명상은 아니었다.

잠시 경기가 지연되고 있지만 내보낼 영상은 많아서 시청자들은 경기장의 사정을 모르고 있었다.

그저 광고를 위한 휴식 타임으로 생각하고 있었다.

방송사도 이 기회에 열심히 광고를 내보내고 있었다.

여덟 번의 대결이 순식간에 끝나서 복면고수를 원망하던 방송 관계자들은 경기가 지연되자 환호성을 지르고 있었다.

그 와중에 최 변호사와 심사위원, 경기 진행요원들은 한참을 속닥거렸다.

그리고 결론이 났는지, 사회자가 설명의 시간을 가졌다.

"음, 잠시 경기가 지연된 사정을 설명드리겠습니다. 복면고수 님의 설명으로는 피를 토한 R16석 관람자가 술법으로 암습을 했다고 합니다. 다시 말씀드립니다. 일본의 가네마로와 대결 중이던 복면고수 님께 R16석 관람자가 술법으로 암습을 했다고 복면고수 님께서 설명하셨습니다. R16석 관람자는 복면고수 님의 반격에 술법이 깨지고, 그 여파로 충격을 받은 것 같다고 합니다. 주최측에서는 진상을 파악하기 어렵지만, 추후에 모든 자료를 철저히 조사해서 진상을 밝히도록 하겠습니다."

도저히 믿기지 않는 설명에 관중과 시청자들은 웅성거렸다.

각국의 방송도 광고를 끊고, 사회자의 설명을 통역해서 내보냈다.

물론 술법이라는 말에 중계진과 해설자는 할 말을 잃었다. 각국은 술법을 마법, 저주, 부두 같은 단어로 통역해 내보냈다.

제법 고수라는 해설자들도 술법이라는 말에 입을 닫았다. 내공도 황당한 판에 술법에 대해 뭐라 코멘트할 수가 없었다.

그래도 속속 정보가 입수되자 해설이 이어졌다.

"R16석 관람자는 일본인인 것으로 확인되었습니다. 신상에 대해서는 아직 파악이 되지 않았지만, 일본인이라는 것은 확인되었습니다. 그리고 일본 대사관에서 특별히 부탁을 해서 R16석이 배정되었다고 합니다."

"지금 또 제보가 들어왔습니다. R16석 관람자는 특별히 요청해 300년이 넘었다는 다기에 차를 우려내 마셨다고 합니다. 탁자에 있던 다기가 300년이 넘은 보물이라고 합니다."

"확실히 이상한 점이 보이는군요."

"그렇죠. 이런 자리에서 그런 보물로 차를 마시겠다는 것은 확실히 이상하죠. 이 점은 확실히 해명해야 할 것 같습니다."

속속 입수되는 이상한 정보에 중계진의 목소리가 커져 갔다. 술법에 대해 코멘트는 어렵지만, 객관적으로 이상한 정보에 대해서는 목소리를 높일 수 있었다.

"그 수행원이라는 놈의 신병을 확보해!"

"사이토라는 놈입니다. 그런데 일본 대사관 직원이라 면책특권이 있습니다."

"하여간 신병을 확보해!"

"네, 병원으로 팀을 보내겠습니다."

복면고수의 설명을 들은 보안 센터도 관련자의 신병을 확보하려 움직였다.

그러나 사이토는 이미 사라진 뒤였다.

의식을 잃고 숨이 간당간당한 법사만 병원 응급실에 남아 있었다.

이로써 소란스러웠던 아홉 번째 대결은 끝나게 되었다.

이제 소도회 천루의 암살자인 소명후와의 대결이 남아 있었다.

7
절혼침

和療未遷西止之

療未遷西止之

蹋踊行路咸以錢之蹋踊行路咸以

春秋六十有二其年春秋六十有二其年

辤此下方齙乾他方辤此下方齙乾他方

墓

永徽三年□二廿一日

路賢人回鬼神所□

墓

永徽三年□二廿一日

路賢人回鬼神所□

여러 우여곡절이 있었지만 마지막 대결을 미룰 수는 없었다.

장내가 다시 정리되자 마지막 대결이 이어졌다.

기다리던 소명후가 천천히 일어나 비무대를 올랐다.

정수도 비무대에서 소명후의 움직임을 지켜봤다.

한 번 암습을 당하자 정수도 새삼 긴장을 하게 되었다.

소명후도 무언가 믿는 것이 있으니 도전했다고 걱정한 것이다.

'저놈도 누가 술법으로 도와주나? 하여간 절기를 펼치더라도 빨리 끝내야지.'

암습을 당했던 정수는 여차하면 실력을 드러내기로 마음

을 정했다.

절혼침이라는 암수를 준비한 소명후로서는 일본의 암수 때문에 좋은 기회를 망친 셈이었다.

그런 점은 소명후도 느끼고 있었다.

그러나 소명후의 표정은 변함없었다.

아직 희망이 있기 때문이다.

'닿기만 하면 된다. 일격에 당하더라도 접근만 하면 된다. 접근하면 죽일 수 있다.'

소명후는 절혼침을 단단히 믿고 있었다.

복면고수의 경지를 직접 확인하고도 접근만 하면 죽일 수 있다고 자신하고 있었다.

"후우우~"

비무대에 오른 소명후는 마보를 취하며 손을 허리 옆에 붙여 장법을 펼칠 준비를 했다.

암습을 겪은 복면고수의 기세가 심상치 않아 여유를 부릴 수가 없었다.

지금은 되도록 여유를 보여야 복면고수를 죽인 후에도 의혹을 줄일 수 있었다.

그러나 복면고수의 분위기를 보니 여유를 보였다가는 손도 쓰지 못하고 당할 수 있었다.

복면고수는 소명후와 비슷한 경지인 가네마로를 가볍게

제압했다. 복면고수의 실력을 본 소명후는 미래의 문제에 신경을 끊었다. 나중에 의혹이 생기더라도 일단 암습에 성공하는 것이 우선이었다.

소명후가 바로 압천장을 펼칠 준비를 갖추자 정수는 주변을 둘러보며 시간을 끌었다.

뭔가 암습은 없는지 살피는 것이다.

소명후가 내기를 끌어 올려 준비할수록 정수는 주변만 살폈다. 정수에게 소명후의 압천장은 전혀 위협이 아니었기 때문이다.

복면고수가 주변을 살피는 기색에 소명후는 더욱 기세를 높여 한 방을 준비했다.

물론 압천장보다는 절혼침을 쓸 기회를 노리는 것이다.

따끔따끔~

웅성웅성~

소명후가 기세를 잔뜩 일으키자 비무대 주변의 사람들은 위화감을 느꼈다.

"이거, 살기 아니냐?"

"그런가? 뭔가 불안하고 무섭기는 하다."

"그게 살기지. 소명후도 뭔가 암수를 쓰려나?"

"그런데 이건 비무인데 무슨 살기야? 경기를 멈춰야 하는 것 아니야?"

"그러기는 어려울 것 같지 않냐? 주심도 슬슬 꽁무니를 빼는데 누가 말리냐?"

심판도 몸을 꼬며 슬슬 뒤로 물러나고 있었다.

아무리 경기 진행 경험이 많아도 진짜 고수의 살기는 처음이니 어쩔 수 없었다.

그래도 오줌을 지리지 않은 점은 칭찬할 만했다.

"심판이 몸을 꼬며 물러나고 있습니다."

"네, 현장에서는 살기를 언급하고 있습니다. 비무대 주변의 진행요원들도 이상한 것을 느끼고 슬슬 물러나고 있습니다."

"역시 소명후도 뭔가 암습을 하려는 것 같습니다. 비무에서 어째서 살기를 품는 겁니까?"

"맞습니다. 이거, 비무를 멈춰야 하는 것은 아닌지 걱정입니다."

"복면고수 님도 어떻게 할지 고민하는 것 같습니다. 술법으로 암습했던 가네마로도 좀 심하게 손을 쓰지 않았습니까? 아무래도 소명후도 봐주지 않을 것 같습니다."

"그럴 것 같습니다. 살기를 품은 적까지 배려하기는 어려울 것 같습니다."

소명후는 살기까지 조절할 있는 살수였지만, 지금은 몰래 암습하는 상황이 아니었다. 살기까지 일으켜 최대한의 힘을 모아야 하는 순간이었다.

소명후는 살기를 일으켜 자신의 실력을 최대한 이끌어

내고 있었다.

주변을 살피던 정수도 슬슬 움직였다. 주변을 살펴도 특별한 동향이 없으니, 서둘러 눈앞의 적을 처리하려는 것이다.

암습을 걱정해 계속 시간을 끌 수도 없었다.

복면고수가 움직이자 소명후는 더욱 살기와 기세를 높여 갔다.

이제는 비무대 주변의 카메라맨들도 주춤거리며 뒤로 물러났다.

정수도 살기는 처음 겪어 봐서 거북했다.

그래서 뻗어 오는 살기부터 처리하기로 했다.

스륵~

심인검이 소리없이 공간을 갈랐다.

살기와 기세도 내공의 소산이다. 죽이겠다는 마음에 따라 내공이 공간을 넘어 뻗어 오는 것이다.

정수가 적의 살의를 벨 만한 실력은 아니지만, 뻗어 오는 내공을 없앨 능력은 있었다.

정수는 심인검으로 공간을 장악하며 독아를 뻗는 소명후의 기운을 끊었다.

흠칫!

갑자기 살기가 서린 기운이 잘려 나가자 견고한 소명후

의 마보가 움찔했다. 팽팽한 긴장의 끈이 끊어진 셈이니 주춤거리는 것이다.

기회라고 생각한 정수가 살짝 땅을 박찼다.

휘익~

정수가 몸을 띄워 소명후의 전면으로 날아갔다.

망토도 잔뜩 내공이 실려 울렁거렸다.

우웅~

그러자 잠시 주춤했던 소명후가 장을 뻗었다.

이미 기세에 밀린 셈이지만, 소명후도 압천장을 믿고 있는 것은 아니었다.

우웅~!

소명후의 장이 공간을 울리며 뻗어 나왔다.

"흐읍!"

그러면서 짧은 호흡이 뿜어졌다. 기합이 아닌, 무심결에 내뱉는 작은 호흡이었다.

그 호흡을 따라 소명후의 코에서 미세한 침이 튀어나왔다.

소명후는 절혼침을 콧속에 숨기고 있었다. 콧속에는 절혼침이 담긴 미세한 암기관이 있었다.

비무대에 올라오며 살짝 코를 만져 암기관을 개방하고, 짧은 호흡으로 절혼침을 발사한 것이다.

절혼침은 압천장의 장력을 타고 복면고수를 향해 날아갔

다. 소명후가 굳이 압천장을 절기라 밝히고 사용한 이유였다.

복면고수와 마주 앉을 수 있으면 은밀히 암습할 수 있겠지만, 비무에서는 그럴 기회가 없으니 장법에 실어 날려 보낸 것이다.

압천장의 힘이라면 미세한 절혼침을 멀리 날리고, 복면고수의 옷까지 뚫을 수 있었다.

소명후는 절혼침의 발사를 수없이 연습해서 아주 자연스러웠다. 수십 대의 카메라와 전 세계가 지켜보고 있지만, 누구도 독침의 존재를 눈치채지 못했다.

게다가 절혼침이 머리카락보다 얇아 거의 눈에 띄지 않았다. 수십 대의 카메라가 있어도 절혼침을 잡아낼 수는 없었다.

그러나 정수는 일반인도, 카메라도 아닌, 경지 높은 고수였다.

경지가 높아지며 특별한 안법을 익히지 않아도 눈이 밝아졌다. 눈의 기맥이 뚫리고 감각도 예민해졌다.

정수는 압천장을 펼치는 소명후의 손보다는 미세한 침에 저절로 눈이 갔다. 의식하지 않아도 치명적인 살기가 서린 침을 인식한 것이다. 눈이 아니라 기로 느낀 것이다.

그래도 너무 가까운 거리에서 미세한 침이 빠르게 날아오는 것이라 막거나 피하기가 어려웠다.

허공에서 방향 전환이 자유로운 천상검문의 경공이라도 펼쳐야 침을 피할 수 있었다.

그러나 복면고수에게는 망토가 있었다.

마음을 따르는 심인검은 조금의 지체함도 없이 움직였다. 소명후를 노리던 망토는 날아오는 미세한 침을 막기 위해 움직였다.

우웅~

위기를 느꼈는지 심인검에 많은 내공이 실렸다. 중단전의 영기가 절로 움직였다. 정수의 무의식은 절혼침의 치명적 살기를 느끼고 최선을 다하고 있었다.

촤르륵~!

잔뜩 내공을 머금은 망토가 미세한 침 하나를 막기 위해 회전을 하며 침을 감쌌다.

압천장의 공력은 그 와중에 자연스럽게 사라졌다.

소명후가 자신하던 절혼침이 날카롭긴 하지만, 정수의 전 내공이 서린 망토를 뚫기는 어려웠다. 복면고수의 망토는 절혼침을 감싸며 암습을 막았다.

'이 새끼가?'

미세한 침을 막는 순간, 정수는 절로 욕이 나왔다.

이제야 온몸이 떨리던 절혼침의 위험성을 느낀 것이다.

실력을 감추기 위해 가만히 있던 정수의 손이 저절로 움직였다.

좌악~!

정수의 손이 번개처럼 소명후의 몸을 스쳐 갔다.

그러나 잔뜩 화가 난 정수의 손은 소명후에게 닿지 않았다. 대신 정수의 손끝에서 기운이 뻗어 나와 소명후의 곳곳을 찔러 갔다.

파바박!

소명후의 몸 다섯 곳에서 진동이 일었다.

정수가 자신도 모르게 절맥법을 펼친 것이다. 혈맥을 막고 근골을 파괴하는 절맥법이었다.

그것도 쇄혼지의 지력으로 펼쳤다.

천상검에게 배워 몇 번 연습한 절맥법과 쇄혼지였다.

정수의 수준으로는 펼치기 어려운 절기였다. 내공이야 높지만 수련을 하지 않았으니, 실전에 쓸 정도로 익숙하지 않았다.

그런데 마음이 일자 펼치기 버거운 절기가 저절로 펼쳐졌다.

위기를 직감하고 살짝 무아지경에 빠지니, 저절로 손이 움직였다. 위기를 느끼고 무아지경에서 움직였기에 가능한 수였다.

아마 다시 펼쳐 보라고 하면 못할 것이다. 나름 범재인 정수로서는 다시 펼치기 어려운 한 수였다.

쇄혼지로 펼친 절맥법은 소명후의 단전과 팔다리의 사대

혈을 파괴했다. 펼친 정수도 놀랄 수법이었다.

털썩!

정수가 스쳐 가자 소명후는 그대로 비무대에 힘없이 쓰러졌다.

정수는 바닥에 쓰러진 소명후를 한 번 슬쩍 보고는 몸을 돌렸다.

이 와중에도 절혼침을 감싼 망토는 여전히 꼬여 있었다.

정수는 최 변호사를 부르며 조심스럽게 망토를 펼쳤다.

최 변호사가 움직이자 근접 경호원들까지 비무대 위로 올라왔다.

정수는 또 귓속말로 사정을 설명했다.

그리고 조심스럽게 절혼침을 감싼 망토 부분을 찢었다.

최 변호사는 유리잔을 가져와 망토 조각을 담았다.

또 심상치 않은 사태에 관중들이 웅성거렸다.

이번에도 사회자가 나와 사정을 설명했다.

"또 불행한 소식을 전하게 되었습니다. 복면고수 님의 설명에 의하면, 소명후가 대결 와중에 독침으로 보이는 침으로 암습을 했다고 합니다. 소명후는 압천장을 펼치며 동시에 미세한 침을 발사했다고 합니다. 그 침을 복면고수 님께서 망토로 막으셨습니다. 독침으로 보이는 미세한 침은 저 유리잔에 담겨 있습니다. 이번 암습도 철저히 조사해 추후에 발표하도록 하겠습니다."

또 복면고수가 암습을 받았다고 설명하자 경기장은 난장판이 되었다.

"짱깨가 그렇지. 허풍 칠 때 알아봤다."

"짱깨가 그렇지."

"진짜 독침을 쓸 줄이야."

"술법을 쓴 일본 놈들은 어떻고?"

"술법은 좀 그렇고, 독침은 증거가 있으니 발뺌은 못하겠다."

"그렇지. 아무리 짱깨라도 이번 암습은 사죄를 해야 해."

관중들은 연이은 암습에 분노할 수밖에 없었다.

"그런데 대회는 이제 끝이겠다."

"뭐라고?"

"독침으로 암습까지 했는데 또 대회를 열겠냐?"

"그런가? 이놈의 짱깨와 단무지는 안 될 것 같으면 도전하지나 말지, 치사하게 암습은……."

"짱깨와 단무지는 사절이라고 하고, 대회를 열면 되잖아?"

"그럼 무슨 재미냐?"

"그건 그렇다."

점입가경의 상황에 관중들은 할 말을 잃었다.

그리고 다음 대회 개최가 쉽지 않음을 직감했다.

"이건 무슨 경우인가요? 독침이라니요?"

"그렇습니다. 신성한 비무에 독침이 웬 말입니까?"

"마침 독침이 담긴 유리잔을 클로즈업한 화면이 들어오고 있습니다."

"으음, 그런데 독침이 어디에 있는 건가요?"

"아! 저기 보입니다. 작고 투명해서 쉽게 찾을 수 없군요. 여기에 있군요."

"아! 그곳에 있군요. 시청자분들도 찾으셨습니까?"

"마침 화면에 표시가 되고 있습니다. 원 안에 보시면 투명하고 미세한 침이 보입니다."

"독침이 머리카락보다 가느다란 것 같습니다."

"그런 것 같습니다. 저런 침을 알아채고 막은 복면고수님의 경지가 놀랍습니다. 눈앞에 있어도 쉽게 알아챌 수 없는 독침입니다."

"고수는 안법을 익힌다고 하는데, 그래서 막을 수 있던 것 같습니다."

독침을 이용한 암습에 중계진도 분개하고 있었다.

어수선한 상황에서 복면고수가 움직였다.

대회가 끝났지만 두 번의 암습으로 관중들은 웅성거리며 복면고수의 퇴장을 지켜봤다.

경기장의 질서를 유지하던 경찰들은 비상에 들어갔다.

두 번의 암습을 겪어서인지 경호원들과 경찰들의 시선은

더욱 날카로웠다.

그런 분위기 때문인지 기자들도 섣불리 달려들지 못하고 있었다. 밀고 들어가다가는 기자라고 봐주지 않을 분위기였다.

암습의 여파로 복면고수의 퇴장은 순조로웠다.

퇴출 계획도 여러 가지였다.

최 변호사는 퇴출이 순조롭자 플랜 C로 흔적을 지우기로 했다.

플랜 C를 위해 이미 경기장 한 구역을 완전히 비워 무인 구역으로 만들어 두었다. 이 구역은 아예 전원까지 차단해 암흑으로 만들어 두었다. 전파 방해기도 가동해서 만약의 경우도 대비하고 있었다.

무인 구역에 도착하자 경호원들과 경찰들도 구역에서 빠져나가 통로를 단단히 지켰다.

정수는 계획대로 움직여 가방을 찾아 옷을 갈아입었다.

십여 분이 지나자 사방을 막았던 경호원들이 무인 구역으로 진입했다. 진행요원과 일부 관중들도 무인 구역으로 안내되었다.

어두컴컴한 구역이지만 복면고수의 탈출 계획이라는 말에 많은 관중들이 협조를 했다.

어둠에 쌓인 통로에 사람을 가득 채웠다 빼는 것으로 추적을 피하는 것이 플랜 C였다.

정수는 어둠과 혼란을 틈타 사람들 속에 쉽게 스며들었다. 옷을 갈아입고 변용까지 했으니 정수를 알아볼 사람은 없었다.

구역을 채운 사람들은 복면고수의 특징인 솟아오른 눈썹을 찾고 있었다.

여기저기 휴대폰 불빛으로 얼굴을 확인하는 사람도 있었다.

"혹시 복면고수십니까?"

"그럼 얼마나 좋겠습니까? 이거, 순간접착제로 만든 눈썹입니다. 살을 올려 붙여 이 눈썹을 만든 겁니다."

"어디 한 번 봅시다."

"아! 살살 당겨요!"

일부 복면고수로 분장한 사람들은 눈썹을 뜯기는 사태도 벌어졌다.

혼란과 혼잡을 틈타 정수는 순조롭게 경기장을 벗어났다.

"외각에서는 별다른 사건이 없었으니, CCTV 자료를 파기하겠습니다."

"암습이 있지 않았습니까?"

"술법과 독침이 CCTV에 잡히는 겁니까? 그럼 직접 파기하겠습니다."

"조금 지켜보도록 하죠."

지켜보자는 사람이 있었지만, 보안 센터 책임자인 대테러 팀장은 직접 전자석에 전원을 넣어 하드를 파괴했다.

백호 경호요원들도 조용히 전자석을 들고 다니며 저장장치들을 재차 지웠다.

위잉~

"이 방을 나가는 분도 전자석을 통과해야 합니다. CCTV 자료를 모두 파괴해야 복면고수의 신원을 감출 수 있습니다."

복면고수의 얼굴은 분명히 CCTV에 기록되어 있었다. 수만 명의 사람이 경기장을 찾았지만, 나이와 체형 등을 고려해 찾아 화면을 검색하면 수백, 수십으로 줄일 수 있었다.

이제 복면고수의 가장 큰 적은 이 상황실과 CCTV였다.

그래서 백호 경호원들도 전자석을 가지고 조용히 자료를 파기하는 것이다.

"그럴 것까지야 있습니까? 커넥터에 접근한 사람도 없지 않습니까?"

"첨단 기술이 많으니 어쩔 수 없습니다. 위에서도 하명한 사안이니, 거부하시는 분은 강제로 하겠습니다."

"지금 하명을 핑계로 협박하는 거야? 내가 누군지 알아?"

"알고 싶군요. 수상한데 저분 구류해서 싹 벗겨서 철저히 수색하십시오."

"네."

"왜 이래? 내가 누군지 알아? 장 경장, 자네 나 몰라?"

"청장님, 죄송합니다."

팀장의 지시에 상황실을 지키는 경찰특공대가 실력행사
에 나섰다.

청와대의 하명도 받았고, 복면고수를 지켜야 한다는 사
명도 있어 다들 거침이 없었다.

두 번이나 암습이 있었으니 날카로워진 면도 있었다.

"이건 무슨 장비입니까?"

"이건 복대야. 내가 허리가 아파서……."

"구속하세요."

자꾸 어깃장을 놓던 청장의 허리에 이상한 복대가 둘러
져 있었다. 복대로 보기에 어려운 장비였다.

위잉~

팀장은 전자석으로 이상한 장비를 훑고는 분석실로 보냈
다.

청장이 이상한 장비를 가지고 있자 백호경호와 경찰은
아예 하드를 분리해 파기했다.

보안 센터의 정리도 끝나서 보안요원들이 회의실로 모였
다. 대회가 끝나서인지 요원들은 친분있는 사람들과 인사를
나누었다.

"수고하셨습니다. 여러분 덕분에 큰 사고 없이 마쳤습니다."

"그런데 암습 때문에 문책이 있지 않을지 걱정입니다."

"우리가 술법 같은 걸 어떻게 막겠습니까? 그래도 세계적 대회를 큰 사고 없이 무사히 치르지 않았습니까?"

"독침은 문제가 다르죠."

"눈에 보이지도 않는 걸 어떻게 합니까? 저도 유리잔을 직접 봤는데, 한참 눈을 굴려야 찾을 수 있었습니다."

"그래도 다음 대회가 열리지 않으면 위에서 책임을 물을 수가 있습니다."

술법이나 독침은 경호팀에 책임을 묻기에는 조금 문제가 있었다.

그러나 다음 대회가 개최되지 않으면 누군가는 책임을 질 수도 있었다.

"음, 그렇겠군요. 이 난리도 이제 끝낼 수도 있겠군요."

"그렇겠죠. 두 번이나 암습을 받았는데 또 열기는 어려울 것 같습니다."

"그런데 복면고수의 실력은 직접 보고도 믿기 어려울 정도입니다. 혹시 초능력자 아닙니까?"

"고수나 초능력자나 일반인들에게 차이가 있겠습니까? 마지막 수법은 초고속 카메라도 흐릿하게 겨우 잡았을 정도입니다."

"하여간 그런 고수가 아직 있을지 몰랐습니다."

"그래도 경찰에 그런 분이 아직 있지 않습니까?"

"그런 분들이 있긴 하지만, 그래도 상식 수준입니다."

"그런데 이제 중국이 어떻게 나올지 걱정입니다."

"가네마로는 의식을 찾았다고 하는데, 소명후는 아직입니까?"

"소명후는 복면고수께서 내공을 폐지했다고 합니다. 그래서인지 아직 정신을 차리지 못하고 있습니다."

"좀 걱정되기는 하는군요. 중국이 가만있을 것 같지는 않은데……."

기관에 있는 사람들은 대부분 중국에 대한 걱정을 했다. 짱깨의 속성을 잘 알기 때문이다.

잘못이 있어도 인정할 리가 없고, 오히려 목소리를 높이는 것을 우려하는 것이다.

이렇게 2회 '복면고수를 이겨라' 가 끝을 맺었다.

절혼침은 바로 경찰청 증거 분석실로 이송되었다.

전 세계가 주시한 암습의 증거였으니 바로 분석이 이루어졌다.

위에서도 많이 재촉을 하는지 청장이 직접 분석실을 찾아 재촉을 하고 있었다.

"결과가 나왔어?"

"일단 독침의 주성분은 거미줄입니다."

"거미줄?"

"네, 거미줄을 어떻게 처리했는지 몰라도 무척이나 단단하게 만들었습니다. 그리고 여러 생체 물질로 추정되는 것이 검출되었습니다."

"생체 물질?"

"독사의 독 같은 것으로 추정됩니다."

"추정? 지금 세계가 주시하고 있는데 추정 같은 것을 발표하라는 거야?"

"독사의 독 같은 단백질은 이곳 장비로 분석할 수 없습니다. 게다가 여러 가지 독을 섞었는지, 변형된 것으로 보입니다.

"그럼 분석할 수 있는 곳으로 보내. 어디서 가능해?"

"단백질 구조를 알아보려면 냉중성자나 방사광 같은 것으로 분석해야 합니다. 한 번 분석하고 증거를 잃을 수는 없으니, 시료를 파괴하지 않는 냉중성자 소각 산란법이 최선입니다. 하나로 연구용 원자로에서 냉중성자 연구동을 만들고 있지만, 아직 완성은 안 됐습니다. 그리고 국내에는 독에 대한 데이터베이스도 없습니다. 시료를 미국에 보내 분석하는 것이 최선입니다."

"뭘 그렇게 길게 얘기해? 국내에서는 어렵고, 미국으로 보내는 것이 좋다는 말이지?"

"네. 독침을 반으로 나누어 미국으로 보내 분석하는 것이 최선입니다. 그런데 꼭 공동 연구 협약서를 써야 합니다. 그런 협약이 없으면 분석 결과를 못 받을 수도 있습니다. 미국이 우리를 배제하고 중국과 협상할 수도 있습니다."

"설마 그러겠어? 지금 미국이 열심히 중국을 까대고 있잖아."

"특허권 문제도 있습니다. 거미줄과 독은 꽤 돈이 되는 연구입니다. 거미줄을 굳힌 방법만 알아도 돈이 꽤 될 겁니다. 항암제 성분도 독에서 발견하는 경우가 많습니다. 독침의 소유권이 고수기획에 있는 셈인데, 소유권과 특허권 문제를 간과하다가는 책임을 질 수 있습니다."

분석실장은 국내에서 독의 정체를 알아낼 만한 장비와 자료가 부족하다고 알렸다.

국내에서 어렵다면 자연스럽게 미국이 대안이 될 수밖에 없었다.

그런데 분석실장은 독침의 소유권과 특허권 문제도 거론했다.

공동 연구라고 하지 않으면 미국이 분석 결과를 알려 주지 않아도 되는 것이다. 영원한 적도 친구도 없으니 미국이 중국과의 협상 카드로 독침을 쓸 수도 있었다.

그리고 단백질과 독은 요즘 제약업계에서 가장 핫한 분

야였다. 특이한 독과 단백질은 돈이 되는 것을 잘 아는 분석실장은 특허권 문제도 거론했다.

거미줄을 굳히는 방법만 알아도 좋은 특허가 될 수 있으니 주의를 준 것이다.

"독침이 돈이 된다고? 너무 앞서 가는 것 아니야?"

"요즘 그쪽 분야가 눈뜨고 코 베어 가는 분위기입니다. 자료와 시료가 움직일 때마다 특허 보호를 위해 문서 작성하느라 연구원들이 연구를 못할 정도입니다. 제일로펌에 미국에 독침의 분석을 의뢰하니, 소유권과 특허권 문제에 주의하라고 언급은 해 줘야 책임을 면할 수 있습니다."

"범죄 수사 하는데 특허권은……. 하여간 그렇게 처리할 테니 빨리 보고서나 올리게."

독을 분석하기 어려워 독침의 반은 미국으로 건너가게 되었다.

다음 날, 경찰에서는 미국 FBI 분석실에 독침의 분석을 의뢰했다고 발표했다.

미국의 언론은 한국보다 더 광분하며 암습 사건을 보도하고 있었다.

미국 사람들은 페어플레이를 가장 중요시한다. 인종 갈등을 막으려면 법과 규칙을 강조할 수밖에 없기 때문이다.

그래서 규칙을 지키며 정정당당하게 대결하는 것을 중시

하고 있었다.

그런 국민성 때문에 독침 문제에 대해 한국 사람보다 더 흥분하며 성토하고 있었다. 기습이나 암수 같은 것을 경멸하는 것이다.

물론 술법은 증거가 없고, 우방인 일본이 벌인 일이라 외면하고 있었다.

하여간 미국 언론은 한국이 분석을 의뢰한 독침의 공수를 실시간으로 중계하고 있었다.

한국에서 보낸 독침의 반쪽은 FBI 분석실로 보내졌다.

외국과의 업무 협조이니 연방 기관인 FBI가 나선 것이다.

그러나 외국 경찰의 분석 의뢰는 우선순위가 낮아 몇 년간 미뤄지기도 한다.

물론 복면고수를 노린 독침은 전 세계와 자국 국민들도 관심을 두는 사안이라 바로 분석에 들어갔다.

FBI의 연구원들은 한국에서 보낸 기초 자료를 확인했다. 시료가 작으니 재차 분석할 수도 없었다.

"이게 그 독침이군."

"아니, 교수님이 여긴 어쩐 일이십니까?"

"법무부에서 연락이 왔네. 몇 명 더 올 거야. 아무리 FBI라도 독물학과 생화학 분석은 어렵지 않나?"

"그렇기는 합니다. 여기는 수사를 하는 곳이지 연구를

하는 곳은 아니라, 데이터베이스에 없는 물질이면 대학으로
보낼 수밖에 없습니다."

"이게 그 자료인가?"

"네. 한국 경찰의 분석실이 이류 수준이지만 분석 장비
까지 이류는 아닙니다. 일단 이것으로 기초 조사를 하려고
합니다."

"음, 정말 거미줄을 경화시켰군."

"자료를 보면 이상한 생체 물질도 많습니다. 그걸 분석
할 장비가 없고, 비교할 데이터도 없어서 저희에게 보낸 겁
니다."

"그럼 바로 시료 채취해서 냉중성자 랩으로 보내지. 언
론이 너무 뜨거워 천천히 연구할 시간이 없네. 단백질 구조
가 나오면 다른 연구실에도 보내서 공동 연구를 해야 할 거
야."

"벌써 준비 중입니다. 버지니아 대학의 냉중성자 랩에서
시료를 기다리고 있습니다."

독침의 분석은 미국답지 않게 규정을 무시하며 아주 빠
르게 처리되고 있었다.

국민의 관심도 뜨겁지만, 미국을 위협하는 중국에 치명
상을 줄 수 있는 기회였다.

무엇보다 독침이라는 증거가 있었다.

제대로 기회를 잡은 미국은 전쟁을 치르듯이 증거를 분

석하고 있었다.

중국도 그 점을 잘 알고 있었다. 국가와는 상관없는 소명후의 암습이지만, 세계는 그렇게 보고 있지 않았다.

궁지에 몰렸다는 것을 잘 아는 중국도 움직이기 시작했다.

한편, 가네마로는 하루 만에 의식을 차리고 일본으로 돌아갔다. 다리는 깔끔하게 부러져 6주간 깁스를 하면 회복할 수 있었다.

그러나 내상으로 몸에 힘이 들어가지 않는 증상이 있었다.

그래도 소명후는 서둘러 일본으로 돌아갔다. 암습을 했다는 멍에는 가네마로에게는 치욕이었다.

가네마로는 술법 문제를 직접 알아보려고 서둘러 돌아간 것이다. 가네마로는 휠체어를 타지 않고 굳이 목발을 짚고 비행기에 올랐다.

반면에 소명후는 하루가 지나도록 의식을 회복하지 못했다. 단전과 중요 대혈이 파괴되며 정신까지 영향을 받은 것이다. 쇄혼지와 절맥법으로 깔끔하게 내공만 없앴지만, 기운이 사라지니 정신도 무너진 것이다.

그런데 소명후가 누워 있는 병실에서 소란이 벌어지고 있었다.

곡하다

궁지에 몰린 중국의 반격이 시작된 것이다.

"비무에서 사람을 이 지경으로 만들어도 되는 겁니까? 복면고수를 잡아서 조사하십시오. 이건 살인미수입니다."

중국 대사가 항의 표시를 하는 것인지, 소명후의 병실에서 억지를 부리고 있었다.

중국 대사가 복면고수를 살인미수로 조사하라고 목소리를 높이자 병실을 지키던 경찰도 어쩔 줄 몰라 했다.

말이 안 되기는 한데, 왠지 설득력도 있었다.

소명후도 대회를 신청하며 부상에 대한 면책 특약이 있는 계약서에 서명을 했지만, 그래도 폭행은 폭행이었다.

게다가 상대가 중국의 대사이니 쉽게 반박하기도 어려웠다.

찰칵! 찰칵!

중국 대사의 쇼맨십에 기자들이 카메라로 응답을 했다.

"소명후의 독침을 이용한 암습에 대해 어떻게 생각하십니까?"

"말도 안 되는 궤변입니다. 오히려 복면고수가 독침으로 소명후를 암습했습니다. 영상을 보면 복면고수가 소명후에게 손도 대지 않고 쓰러뜨리지 않았습니까? 그것이 바로 독침을 썼다는 증거입니다."

"복면고수는 손도 대지 않고 철 기둥을 자르고, 항아리의 물도 폭발시키지 않았습니까? 충분히 손을 대지 않고 사람을 제압할 수 있지 않습니까?"

"그건 다 특수 효과입니다. 중국 정부는 소명후를 독침으로 암습한 복면고수에 대한 수사를 한국 정부에 요청합니다. 한국 경찰당국의 철저한 수사를 지켜보겠습니다."

중국 대사는 복면고수를 수사하라고 압력을 남기고 돌아갔다.

중국 대사가 돌아가자 병원에 있던 기자들은 본사로 사진과 기사를 송고했다.

복면고수에 대한 기사는 무조건 속보였다.

기사를 송고한 기자들은 병원을 나와 담배를 입에 물었다. 병원은 모두 금연 구역이라 밖으로 나와서 필 수밖에 없었다.

"아, 좋다. 번거로워도 이 맛을 포기할 수는 없지."

"그렇지. 기사 송고하고 피우는 담배가 최고지."

"그런데 역시 중국이 약점을 찔러 오는데……."

"약점?"

"복면고수의 약점 말이야."

"복면고수에게 약점이 있나? 망토가 철 기둥을 자르고, 총알도 막을 수 있을 것 같잖아. 손은 또 얼마나 빠르고 강하냐? 배트맨과 스파이더맨은 벌써 넘었고, 슈퍼맨은……."

"농담하는 거지?"

"그냥 그렇다고. 그런데 복면고수의 약점은 뭐야?"

"중국 대사의 말을 생각해 봐."

"짱깨의 땡깡이지 뭐야. 설마 중국이 압력을 넣는다고 경찰이 복면고수를 수사하겠어? 해야 하나? 설마?"

"그래. 복면고수의 약점은 신원이 드러나는 거야. 신분이 드러나면 스승에게 잡혀 산으로 끌려간다는 분석도 있잖아. 또 경찰이 수사하겠다고 하면 복면고수는 대회를 끝낼걸?"

"아무리 중국의 입김이 세도 경찰이 움직일까? 복면고수를 수사하겠다는 것은 선거를 포기하겠다는 말이지."

"그래도 수사하는 시늉은 해야겠지. 그리고 중국이 복면고수 주변을 쑤시면 산으로 돌아갈 수도 있고."

"그렇구나. 그럼 먼저 들어갈게."

동료의 추측을 들은 기자는 담배를 끄고 병원으로 들어갔다. 동료에게 힌트를 들었으니 기사를 다시 송고하려는 것 같았다.

과연 궁지에 몰린 중국은 복면고수의 약점을 노리고 있었다.

한국의 기업들은 중국에 많이 진출해 있었다.

중국 시장의 특성 때문에 실패한 기업도 많지만, 자본이 든든한 대기업들은 대부분 자리를 잡았다.

대대적인 공장 증설을 위해 중국을 방문한 한 대기업 회장은 지역 책임자의 초대를 받았다.

그리고 은근한 압력을 받았다.

"그런데 복면고수 문제가 소란스럽지 않습니까? 양국 관계에 악영향을 주고 있습니다. 그 문제로 한국에 대한 인식도 악화되고 있습니다."

"저도 걱정하고 있습니다."

"그런 한낱 광대 때문에 큰 사업에 지장이 생기는 것은 막는 것이 좋지 않겠습니까?"

"저도 그렇게 생각합니다. 귀국하면 저도 힘을 써 보도록 하겠습니다."

회장도 복면고수가 한국의 인지도와 위상을 올린다는 것은 알고 있었다. 그러나 회장의 입장에서는 당장의 공장 증설이 더 중요했다.

회장은 이득을 따져 보고 복면고수 문제에 압력을 넣겠다고 약속을 했다.

이런 압력은 여러 곳에서 있었다.

한국을 방문한 중국 외교부 부부장이 외교부를 찾았다. 여러 현안을 논의했지만, 역시 복면고수 문제도 지나가면서 나왔다.

물론 한국의 관리는 행간을 읽었다.

"귀국의 우려를 상부에 보고하도록 하겠습니다. 저도 많은 소란이 있었으니, 이제 끝내는 것이 좋겠다고 생각하고 있습니다."

중국의 다방면의 압박은 결국 제일로펌으로 몰렸다.

정부에서는 미국과 보조를 맞추고 있지만, 중국과 관계된 경제인과 관리도 많았다. 정부에서 그런 사람들의 움직임까지 막아 주지는 못했다.

그래도 제일로펌 정도 되는 법무법인이라 그나마 아직까지 여러 곳의 압력을 막고 있었다.

그래도 어디든 한계는 있기 마련이다.

오랜만에 파트너 회의가 열렸다.

"최 변호사, 중국이 본격적으로 칼을 빼 든 것 같소."

"박수 칠 때 떠나는 것이 좋습니다."

"정부도 곤혹스러워하는 것 같고, 대기업들도 움직이고 있소."

"복면고수 님 때문에 제일로펌이 세계적 로펌이 됐습니다. 세계적 기업들과 상대하는 무형적 이득뿐만 아니라 수수료 많지 않습니까?"

동료들의 압박에 최 변호사가 저항을 했다.

제일로펌도 복면고수 열풍의 수혜자 중 하나였다.

최 변호사가 거부의 뜻을 보이자 대표 변호사가 칼을 빼들었다.

"솔직히 중국에서 뒤지기 시작하면 복면고수님의 신원도 금방 드러나네. 나도 대충 눈치채고 있네."

"그렇습니까?"

"차량 운행 기록도 없앴어야지. 걱정 말게, 황금알을 낳는 거위를 내 손으로 죽일 수야 없지 않은가? 나도 보이는 대로 자료를 파기하고 있네. 하여간 뒤지기 시작하면 금방이야. 암습도 있었으니 핑계도 있지 않은가?"

몇 달간 최 변호사의 동선을 조사하면 복면고수에게 접근할 수 있었다.

그 정도야 누구나 생각할 수 있었다.

그런 조사를 막고 있는 것이 정부와 제일로펌이었다.

최 변호사의 통신 기록 같은 자료를 정부에서 알아서 파기하며 숨기고 있었다.

대표 변호사가 더 이상 복면고수를 보호하지 못할 수도 있다고 하자, 최 변호사도 속내를 드러냈다.

사실 최 변호사도 이제 한계라는 것을 잘 알고 있었다.

"저도 생각은 하고 있었는데……."

"솔직히 복면고수 님도 그만하고 싶어 할 거네. 이 소란이 좋을 리가 있겠나?"

"복면고수 님께도 그런 언급이 있었습니다. 그래도 좋은 기회를 날리는 것이니 받아 내야 할 것이 많습니다."

"그게 우리가 할 일 아니겠나? 여러 곳에 빚을 지워 둬야 복면고수 님의 뒤가 안전해지네. 신원이 드러나면 대놓고 대회를 연다고 하면 알아서 덮어 줄 거야."

"그럼 잘 마무리되도록 계획을 짜 보겠습니다."

한국과 제일로펌의 힘으로는 이제 복면고수를 지켜 줄 수 없었다. 이건 미국도 막을 수 없는 문제였다.

그래서 제일로펌은 '복면고수를 이겨라' 를 좋게 마무리하기로 결정했다.

대회를 끝낼 조짐이 보이자 복면고수를 이용해 중국에 작전을 걸던 NSA의 커트너 국장이 백악관을 찾았다.

"복면고수의 대리인이 대회를 마무리할 조짐을 보이고 있습니다. 대회를 계속 진행하려면 보스께서 한국을 방문하는 정도의 성의를 보이셔야 합니다."

"국장은 어떻게 생각하십니까?"

"지금으로서는 냉각 기간을 갖는 것이 좋겠습니다. 중국의 인내심이 한계에 이르렀다는 분석입니다. 더 몰아붙이면 중국이 무력이라도 쓸 것 같습니다. 잠시 냉각 기간을 가지는 것이 좋겠습니다. 잠시 쉰다고 복면고수가 없어지는 것도 아닙니다. 시즌 2를 열기 위한 카드로 독침도 확보하고 있습니다."

"시즌 2라? 우리도 중국의 압력을 극심하게 받고 있으니 그러는 것이 좋겠군요. 잠시 쉬면 내성이 생겨 시즌 2

에서는 더 강하게 상처를 헤집을 수 있겠군요. 그럼 시즌 2를 위해 주인공의 보호에 만전을 기해 주십시오."

"복면고수의 보호는 한국 정부와 보조를 맞추고 있습니다. 한국 정부도 황금알을 낳는 거위를 보호하기 위해 최선을 다하고 있습니다."

"그런데 복면고수의 신원은 알아냈습니까?"

"거처가 속리산이고, 몇몇 관계자를 확인했습니다. 더 조사를 하면 신분을 밝힐 수 있겠지만, 그 와중에 정보가 샐 것 같아 막았습니다. 한국에서도 속리산에 관계된 모든 자료를 파기하며 보안을 지키고 있습니다."

"주인공을 지키는 데 힘이 부족하면 제가 나서겠습니다. 전화 정도야 언제든지 할 수 있으니, 제가 필요하면 요청하십시오."

"그렇지 않아도 일본 문제 때문에 대통령님의 지원이 필요합니다. 영상 분석 결과, 술법으로 보이는 증거가 나왔습니다. 중국도 버거운데 일본의 암수까지 막는 것은 어렵습니다. 당분간만이라도 일본이 조용히 있도록 만들어야 합니다."

"복면고수가 거짓말할 이유가 없으니, 술법이라는 것이 있다는 생각은 했는데……. 그런데 어떤 증거입니까?"

"이 화면을 보시면 붉은 안개 같은 것이 R16석에서 복면고수에게 날아가는 것을 알 수 있습니다. 이 안개 같은 것을 복면고수의 망토가 베어 버려 흩었습니다. 초고속 카메라로 촬영된 영상이 많아 술법의 증거를 잡을 수 있었습니다."

"저주 같은 것이 가능하다는 것이 놀랍습니다. 하긴 고수도 있으니 술법도……. 그런데 역시 일본은 기습을 좋아하는군요. 아무래도 일본에서 나온 소명후에 대한 정보도 우리의 시선을 돌려 놓으려고 일부러 흘린 것 같습니다."

"작전 팀도 그렇게 분석하고 있습니다. 앞으로 더욱 주의하도록 하겠습니다."

"그럼 내가 일본 총리에게 전화를 걸도록 하겠습니다. 일본도 중국의 위협을 온몸으로 느끼고 있으니 대화가 통할 겁니다. 국장도 수고해 주십시오."

"네. 시즌 2를 위해 철저히 준비하도록 하겠습니다."

미국도 중국에 대한 작전을 잠시 중지하기로 했다.

그리고 복면고수를 주인공으로 하는 중국 물 먹이기 시즌 2를 위해 준비하기로 했다.

커트너 국장은 보고를 마치고 돌아가다가 오할로 CIA 국장과 마주쳤다.

"요즘 중동도 조용한데, 백악관은 어쩐 일이십니까?"

"조용할 때일수록 더욱 바쁘게 움직여야 하지 않습니까?"

"그런데 요즘 동아시아가 시끄럽습니다. 이러다 3차대전이라도 일어나지 않을지 걱정입니다."

CIA 국장이 슬슬 태클을 걸어왔다. NSA에서 중국과 마찰을 일으키는 것을 지적하는 것이다.

"덩치가 큰 적은 약점이 보일 때마다 물어뜯어야 힘을 뺄 수가 있습니다."

"덩치가 크기는 하죠. 그런데 불을 지르는 것은 우리가 전문가니, 버거우면 도와드리겠습니다."

"정보가 늦군요. 벌써 끝내기로 했습니다."

"그래요? 좋은 기회인데 벌써 끝냅니까?"

"한국이 한계입니다. 우리도 힘든데, 한국은 그로기 직전입니다."

"그렇겠군요. 그럼 수고하십시오."

커트너 국장이 작전을 끝낸다는 말에 시비를 걸던 오할로 국장이 인사를 건네고 움직였다.

오할로 국장은 CIA로 돌아가 NSA의 작전을 인계받기 위한 계획을 세워 백악관으로 들어갔다.

그리고 대통령에게 자기 일이나 잘하라고 잔뜩 지적을 받았다.

'으득, 두고 보자. 그런데 나도 게임에 낄 히든카드가 있어야겠어. 복면고수의 신분 정도면 쓸 만한 카드겠지.'

대통령에게 복면고수 문제에 관여하지 말라는 경고를 받

은 오할로 국장은 이를 갈며 돌아갔다.

그리고 큰 게임에 끼어들 카드를 마련하기로 결심했다. 복면고수의 신분 정도면 히든카드가 될 것이다.

한편, 복면고수가 휴식에 들어간 틈에 중국의 비무대회는 열기를 더해 가고 있었다.

드디어 새로운 고수가 등장하고 있기 때문이었다.

8
중국의 고수들

春秋六十有二其年春秋六十有二其年
辤此下方魑魅乾他方辤此下方魑魅乾他方
幽躅行路咸以餞之幽躅行路咸以餞之
墓
墓
水徝三年七廿一日
水徝三年七廿一日
路賢人同鬼神而志
路賢人同鬼神而志
原未題西山之章未題西山之章

요사이 티벳의 독립을 위해 분신하는 라마승들이 많았다. 세계의 관심을 모으려고 하는 희생이었다.

비슷한 이유로 티벳 뇌음사의 절기를 익힌 뇌전 라마도 비무대회에 참석하려고 길을 나섰다.

그러나 복장 때문에 티벳을 벗어나는 데 어려움이 많았다.

뇌전 라마는 눈에 띄는 복장 때문에 비무대회가 열리는 하남성까지 가면서 여러 번 검문과 심문을 받아야 했다.

그래도 늙은 라마였고, 하남행 기차표와 비무대회에 간다는 말이 없었으면 티벳을 벗어나기 어려웠을 것이다. 공안과 관리들에게 비무대회에 가는 사람에게 편의를 봐주라는 지침이 이미 내려와 있었기 때문이다.

그런 지침이 없었다면 공민증과 승첩도 없는 뇌전 라마는 진작 연행되었을 것이다. 뇌전 라마는 하남행 기차표를 증거로 여러 검문을 무사히 넘을 수 있었다.

그래도 기차를 타자 쉽게 하남성까지 갈 수 있었다.

최근 라싸까지 기찻길이 열려 뇌전 라마는 하루 만에 하남성에 도착할 수 있었다. 비싼 표였지만 검문을 피하기 위해 많은 사람의 도움을 받아 고속 열차표를 구한 것이다.

'기차가 정말 빠르군. 라싸까지 하룻길이 되었으니, 티벳의 앞날이 걱정이군.'

고속열차는 티벳에서 하남성까지를 하룻길로 만들었다. 뇌전 라마는 그 의미에 몸을 떨었다. 티벳 독립의 희망이 더 멀어진 것이다.

그동안에는 티벳까지의 교통이 불편해 그나마 독자적 문화를 유지할 수 있었다.

그러나 이제 하루 길이 되었으니, 인구나 문화적으로 중국의 침투가 가속될 것이다.

위기를 실감한 뇌전 라마는 더욱 힘을 내어 소림사로 향했다.

비무대회장으로 향하는 길은 인파가 넘쳤다.

그러나 뇌전 라마는 라마승 전통 복장을 하고 있어 인파 가운데서도 쉽게 눈에 띄었다.

그런 뇌전 라마에 관심을 가지는 사람은 많았다.

그래도 중국 사람들은 웬만해서는 다른 사람의 일에 관심을 보이지 않는다. 어린애가 길에 쓰러져 차에 치여도 시선을 주지 않을 정도였다.

그러나 소림사로 향하는 길은 외국인과 기자가 많았다.

곧 비무대로 향하던 외국 기자들이 뇌전 라마에게 관심을 가졌다. 다른 기자들과 함께 산을 오르던 마이클은 뇌전 라마의 모습에 흥미를 느껴 접근했다.

"스님도 소림사로 가십니까?"

"그렇소."

뇌전 라마도 언론의 관심을 끌어야 한다는 것을 잘 알고 있었다.

그래서 통역을 거친 마이클의 질문에 친절히 대답했다.

"복장을 보니 멀리서 오셨군요."

"티벳에서 왔습니다."

"아~ 티벳! 라마승이시군요."

마이클이 중국에 대한 상식이 부족하지만 티벳에 대해서는 잘 알고 있었다. 요즘도 수시로 라마승의 분신에 대한 기사가 나오니 모를 수가 없었다.

그런데 라마승이 외국 기자와 붙어 있자 공안이 움직였다.

마이클은 이런 움직임을 모르고 계속 질문을 했다.

"그런데 소림사에 볼일이 있으신 겁니까, 아니면 비무대
회를 구경하러 오신 겁니까?"

마이클은 늙은 뇌전 라마가 설마 비무에 참가하기 위해
왔다고는 생각하지 못했다. 그래서 소림사와 구경을 언급했
다.

"비무대회에 참가하기 위해 온 겁니다."

"네? 제대로 통역한 겁니까?"

마이클이 놀라 통역사에게 제대로 통역을 했는지 재차
확인했다.

"그러고 보니 내 소개를 안 했군요. 뇌음사를 대표해 비
무대회에 참가하기 위해 온 뇌전 라마라고 하오."

"정말입니까? 노인분이?"

뇌전 라마의 말에 마이클은 쉽게 믿기지 않았다.

마이클도 얼마 전 노고수의 시연을 직접 봤지만, 늙은 라
마를 가까이서 보니 무술의 고수로 쉽게 믿기가 어려웠다.
키도 작고 근육도 없고 주름도 많으니 고수라는 믿음을 받
지 못했다.

웅성웅성~

그러나 중국 사람들은 나이와 라마 복장 때문에 뇌전 라
마의 말을 쉽게 믿었다. 중국 사람들이 생각하는 고수는 딱
뇌전 라마와 같은 나이와 복장이었다.

근처에 있던 중국인들이 웅성거리며 뇌전 라마를 가리키

며 고수라고 떠들었다.

외국인과 라마승을 떨어뜨리기 위해 다가오던 공안도 무전기를 잡고 보고를 했다.

그리고 상부의 지시가 있었는지 공안들이 모여 뇌전 라마를 포위했다.

"비무대회에 참가하려는 온 겁니까?"

"그렇소. 뇌음사의 뇌전이라 하오. 그런데 비무대회에 참가하려는 것을 막는 것이오? 서장인이나 라마승은 참가를 못하는 것이오?"

"만약의 사태에 대비해 확인하려는 겁니다. 비무대에 오를 정도의 실력인지 확인을 해야겠습니다."

중국의 공안답지 않게 정중하게 실력을 확인하겠다는 말을 했다. 세계가 주시하는 비무대에 올라 티벳 독립의 선전을 하지 않을지 걱정하는 것이다.

그러나 실력을 확인하겠다는 말은 뇌전 라마로서는 환영할 일이었다. 실력을 보여야 관심을 끌 수 있다는 것을 잘 알고 있었다.

"으음, 알겠소."

잠시 고민하던 뇌전 라마는 가로수를 향해 움직였다.

"오옴~!"

그리고 기합과 함께 가로수를 향해 손을 뻗었다.

콰아앙~!

부르르~

뇌전 라마의 장법에 가로수에 손자국이 생겼다. 제법 두꺼운 가로수가 몸을 떨고 가지가 휘청거렸다.

"와아아아~"

지켜보던 중국인들이 환호성을 울렸다.

찰칵찰칵!

뒤늦게 마이클과 동행한 기자들이 사진기를 눌러댔다. 기자들이 몰려오며 공안의 벽을 뚫고 질문을 쏟아 냈다.

"나이가 어떻게 됩니까?"

"뇌음사는 어디에 있는 사찰입니까?"

"십왕에 오를 자신은 있습니까?"

사람들이 환호성과 소란을 보고, 근처에 있던 기자들과 방송 차량까지 몰려들었다.

뇌전 라마를 연행하기 위해 몰려온 공안들은 어느새 경호원이 되어 기자들을 막았다.

"물러나십시오. 먼저 비무대에 올라 시험을 치르는 것이 우선입니다. 시험이 끝나고 기자회견을 갖도록 하겠습니다."

갑작스런 사태이지만 공안들은 침착하게 상황을 통제했다. 이런 경우에 대한 지침과 훈련이 있기 때문이다.

그래도 참가자가 티벳의 라마승이라는 점은 전혀 예상하지 못한 변수였다.

뇌전 라마는 기자들의 관심이 반가웠다. 중국 정부의 압력을 막기 위해 기자들이 필요하다는 것도 잘 알고 있었다.

하여 뇌전 라마는 비무대로 갈 생각을 안 하고, 기자들의 질문에 일일이 답변을 해 주었다.

"세상에 나온 지 57년이 지났소. 뇌음사는 티벳에 있소이다. 그런데 군대가 뇌음사를 점령하고 있어 지금은 유랑하는 처지요."

"유랑하신다고요?"

"군이 사찰을 점령했으니, 떠나야 하지 않겠소."

뇌전 라마는 살아서 돌아갈 생각이 없었다. 이런 소란과 관심을 얻기 위해 온 길이니, 중국의 치부를 적나라하게 말해 주었다.

공안이 바로 태클을 걸었다.

"그만 가셔야겠습니다."

"기자분들이 궁금한 것이 많은 것 같소."

"먼저 비무대의 시험을 거치고 난 뒤에 인터뷰하는 것이 좋겠습니다."

"어제 하루 종일 기차를 탔소. 피곤하니 내일 비무대에 오르겠소."

"그럼 저희가 숙소를 안내하겠습니다."

"난 기자들과 더 말을 나누고 싶소. 강제로 연행한다면 어쩔 수 없지만……."

공안이 압력을 가했지만, 뇌전 라마는 상황을 잘 알고 있었다. 기자들이 보고 있는 한 무서울 것이 없었다.

중국도 티벳 문제는 외국의 시선을 무시하고 강경책을 쓰는 편이지만, 비무대회에 참가하는 고수를 연행할 수는 없었다.

지금 뇌전 라마를 연행하면 숨어 있는 무술가들이 결코 비무대회에 나타나지 않을 것이다.

물론 기자들과 군중이 몰려들고 있어 연행할 기회를 놓치기도 했다.

"티벳 출신의 고수라서 비무 참가를 막는 겁니까?"

"뇌전 라마를 연행하는 겁니까?"

찰칵찰칵!

기자들의 질문 공세에 공안은 다시 상부에 보고를 하고 대기를 했다.

끼이익~

방송 카메라도 뒤늦게 도착을 했다. 카메라가 촬영을 하자 뇌전 라마는 다시 자신을 소개했다.

"다시 소개하겠습니다. 티벳 뇌음사의 뇌전이라고 합니다. 비무대회의 소식을 듣고 뇌음사의 이름을 높이기 위해 참가했습니다. 그럼 부끄러운 실력이지만 보여 드리겠습니다. 이것이 뇌음사의 뇌전장입니다."

뇌전 라마는 다시 가로수 앞에 섰다.

이번에는 평범한 장법 대신 시선을 더 끌 수 있는 뇌전장을 쓸 생각이었다.

"오옴~!"

번쩍!

뇌전 라마가 장을 뻗자 번개가 일었다.

치이익~!

곧 가로수에 번개 맞은 흔적이 새겨지며 연기를 피워 올렸다.

"와아아~!"

찰칵! 찰칵! 찰칵! 찰칵!

갑작스런 특종에 사진사들은 미친 듯이 셔터를 눌렀다.

끼익~

웅성웅성~

뇌전 라마에 대한 소식이 퍼졌는지, 비무대에 있던 사람들과 기자들까지 몰려들었다.

공안도 지시를 받았는지 움직이기 시작했다.

"저기 보이는 호텔에서 하루 쉬시죠."

"빈승은 오랫동안 유랑 생활을 해서 야외가 편합니다. 저쪽 공원에서 쉬겠소."

뇌전 라마는 공안의 안내를 뿌리치고 공원으로 향했다.

공안도 수십 명의 기자 앞에서 뇌전 라마를 잡을 수 없어 공원으로 움직였다.

우르르~

기자와 사람들도 뇌전 라마를 따라 움직였다.

뇌전 라마는 잔디밭에 가부좌를 틀고 앉아 몰려드는 기자들의 인터뷰를 받았다.

다음 날, 뇌전 라마는 비무대에 올라 장법으로 커다란 동종을 울렸다.

그리고 물이 담긴 항아리를 향해 격공장도 선보였다. 복면고수처럼 항아리에 손을 대지 않고 격공장을 펼쳐 물을 터뜨린 것이다. 이로써 뇌전 라마는 기존의 고수들보다 한 차원 높은 수준임을 증명했다.

강력한 십왕 후보로 티벳 뇌음사의 뇌전 라마가 등장했다.

'세상이 정말 많이 변했군.'

화산의 마지막 도인은 정말 오랜만에 산을 내려왔다.

그래서 하남성과 가까운 화산에서 출발했지만, 뒤늦게 소림사에 도착했다.

뇌전 라마는 정찰을 위해 자주 도시를 찾고 중국을 연구해 어려운 여건을 뚫고 빠르게 소림사까지 갈 수 있었다.

반면, 화산 도인은 현대 문물과 체계에 무지해서 대부분 걸어서 소림사에 도착했다.

그래도 중간에 태워 주는 화물차가 있어 늦지 않게 도착할 수 있었다. 화물차 기사도 도사 복장이라 호기심에 태워 준 것이다.

소림사로 향하는 길에 늙은 도인이 등장하자 외국 기자들이 몰려들었다.

얼마 전에 뇌전 라마의 사례도 있어, 이제 외국 기자들도 늙고 특이한 복장의 노인에게 관심을 주고 있었다.

물론 인터뷰를 하려면 돈을 달라는 사기꾼도 많았지만, 기자들은 특종을 위해 부지런히 발품을 팔고 있었다.

이번에는 중국 기자가 먼저 화산 도인에게 접근했다.

"도사님도 소림사에 가십니까?"

"그렇소. 미천한 재주지만 화산의 이름을 위해 걸음했소이다."

"화산이요? 도호가 어떻게 되십니까?"

"도호라…… 내 도호를 들은 지가 40년이 넘었군요. 나는 옥진이라 하오. 부끄럽지만 화산 상청궁의 장문인이오."

"화산 상청궁의 옥진자 님이군요. 그 보퉁이에 있는 것은 검입니까?"

"그렇소이다."

"그럼 비무대에서 검술을 선보일 겁니까?"

"검을 그런 시험에 뽑을 수는 없소. 장법과 지법을 익힌 것이 있으니, 시험을 통과할 수는 있을 것이오."

"그렇군요. 그럼 간단한 시범을 보여 주실 수 있겠습니까? 위력이 있다면 돈을 드리겠습니다."

"허허, 세상이 어떻게 된 건지. 돈은 필요없고, 귀찮게나 하지 마시게."

돈을 준다는 말에 옥진자는 기분이 매우 상했다.

그래도 기자가 말을 걸어 주어 꼬박꼬박 대답을 해 주었는데, 돈을 받고 시범을 보이라는 말에 손을 쓸 뻔했다.

그래서 시범으로 위협을 해서 쫓아 버리려고 가볍게 손을 썼다. 겁을 먹고 귀찮게 하지 말라는 의미였다.

옥진자도 시연 대상으로 길 옆에 있는 가로수를 선택했다.

우웅~

퍽!

옥진자는 검결지를 만들어 가로수에 손가락을 박았다.

검법을 펼치며 균형을 위해 자연스럽게 펼치는 검결지로, 기자를 쫓기 위해 가볍게 선보인 것이다.

물론 그런 시범은 기자에게 겁을 주기보다는 취재 의욕만 높여 주었다. 기자는 목에 걸고 있는 사진기를 들어 정신없이 사진을 찍어댔다.

찰칵! 찰칵!

기자는 옥진자와 나무 구멍을 찍어댔다.

사진기를 들이미는 무례에 옥진자는 손을 써야 하나 말

아야 하나 심각하게 고민을 했다.

그때 기자의 행동을 보고 취재진들이 몰려들었다.

덩달아 사람들도 구경거리가 있는 줄 알고 몰려들었다.

당연히 공안도 몰려왔다.

옥진자는 오랫동안 사람들을 멀리한 도인이었다.

사람들이 몰려들자 당황할 수밖에 없었다.

그래서 몸을 피했다.

휘익~

"와아아!"

"경공이다!"

"경공이야, 경공!"

옥진자는 몰려드는 사람을 피해 가로수로 올라갔다.

그리고 가로수를 연이어 밟고 날아가서 근처 산으로 몸을 피했다.

물론 그런 행동은 더욱 사람을 불러모았다.

우르르~

소식을 듣고 기자들과 사람들이 작은 산을 포위했다.

'허허~ 이래서 제자가 부탁을 한 건가?'

높은 나무에 올라서서 몰려드는 사람들과 기자들을 보던 옥진자는 그제야 제자의 계획을 떠올렸다.

바로 명성을 얻어 화산을 되찾자는 것이다.

옥진자는 이런 소란을 피해서는 안 된다고 생각했다.

그래서 경공을 펼쳐 적당한 장소로 내려갔다.

우르르르~

그래도 사람이 몰려드는 것은 꺼려졌다.

싸아악~

옥진자는 기세를 일으켰다. 평생 검을 수련한 검수의 기세였다.

철퍼덕~

몰려들던 사람들이 그대로 주저앉았다. 목에 칼날이 들이밀어지는 듯한 기분을 느낀 것이다. 너무 놀라 실금을 하는 사람도 생겼다.

평범한 사람이 이런 기세를 버틸 수는 없었다.

"화산 상청궁의 옥진자라 하오. 본도는 소란을 싫어하니 더 이상 접근하지 마십시오."

옥진자의 경고에 자연스럽게 십여 미터의 공터가 생겼다.

그래도 특종에 목매는 기자들을 막을 수는 없었다.

"아까 40년을 언급했는데, 40년 만에 산을 내려오신 겁니까?"

"45년 전, 군대의 공격에 상청궁을 떠나 화산의 깊은 곳으로 피했으니, 45년 만의 하산이오. 본도의 제자가 비무대회에서 명예를 얻으면 상청궁을 되찾을 수 있다는 말에 하산을 했소이다."

"45년 전이면 홍위병 말씀입니까?"

"그렇소. 그때 도우들과 사형제들이 많이 다쳤소. 산을 내려가 환속한 사형제들도 많았지. 죽기 전에 사형제들을 한 번 만나 보고 싶은 욕심도 있소이다."

"그런데 나이가 어떻게 되십니까?"

"나이라…… 올해로 일흔다섯이군."

'정말 일생이 하룻밤 꿈과 같군.'

기자의 질문에 옥진자는 오랜만에 자신의 나이를 떠올렸다. 순간, 옥진자는 자신의 일생을 관조했다. 자신을 돌아보기에 좋은 기회였다.

그러나 기자들은 그런 옥진자를 내버려 두지 않았다.

"명예를 얻어 화산을 되찾으신다고 하셨는데, 무슨 의미입니까?"

'아! 정말 인생은 하룻밤 꿈이구나. 깨기 전에 미련이라도 벗어야겠구나.'

명상이 깨진 옥진자는 조금 적극적으로 변했다.

"먼저 화산의 가짜 도사들을 쫓아내고 청정 도맥을 잇고 싶소이다."

"아! 옥진자 님이 진짜 화산 도인이시군요."

"그럼 실력을 보여 주셔야죠. 저희가 잘 찍어 드리겠습니다."

"음, 시범을 보여 줄 테니, 내가 옥청, 옥매, 옥수 사제를 찾는다는 점도 널리 알려 주시게."

옥진자도 기자들이 하는 일은 알고 있어, 사제들의 이름을 말하며 협조를 구했다.

그리고 손을 들어 나무를 향해 절매수를 펼쳤다.

파앗~!

나무에 매화 문양이 새겨졌다. 단지 손을 휘둘렀는데 매화 문향이 새겨졌다.

그리고 재차 손을 뻗었다.

파악!

이번에는 손자국이 나무에 10센티 깊이로 새겨졌다.

파옥수였다.

매화 문양의 절매수와 옥에 손자국을 낼 정도의 파옥수가 화산의 대표적 절기였다.

"와아아아~"

놀라운 절기에 사람들이 환호했다.

기자들도 욕심을 참지 못하고 접근을 하려 했다.

싸늘~

그러나 옥진자 정도면 기세를 자유자재로 조절할 수 있었다.

접근하던 기자들은 바지에 실례를 하며 황급히 물러서야 했다.

두 번의 교훈으로 옥진자 주변 10미터는 접근 불가가 되었다.

옥진사는 사람들을 몰고 천천히 소림사로 향했다.

화산 도인의 등장이었다.

홍묘족의 족장도 하남성에 도착을 했다.

족장은 세상을 잘 알고 신분도 확실하지만 돈을 아끼느라 늦게 도착했다. 고속열차 대신에 값싼 완행을 타다 보니 이제야 도착을 한 것이다.

하남성에 도착하자 족장도 눈에 띄는 사람이 되었다.

홍묘족의 붉은 전통 의상은 꽤 시선을 모으는 복장이었다.

그래도 묘족은 정부와 큰 갈등은 없는 소수민족이라 험한 일을 겪지는 않았다.

족장이 버스로 소실산 아래에 도착하자 바로 기자들이 접근했다. 이제 기자들은 특종을 위해 버스 정차장에서 특이한 사람을 기다리고 있었다.

게다가 족장은 마치 검을 천으로 감싼 것 같은 짐도 있어 여러 명의 기자가 다가왔다.

"비무대회를 구경하러 온 겁니까, 아니면 참가하기 위해 온 겁니까?"

버스에서 내리자마자 기자가 달려들자 족장은 잠깐 놀랐다.

그래도 여기까지 와서 피할 수는 없었다.

"비무대회에 참가하기 위해 왔습니다."

웅성웅성~

바로 반응이 왔다.

사람과 기자들이 몰려들었다.

"그건 검입니까?"

"네. 스승님이 물려주신 송문고검입니다."

"한 번 볼 수 있겠습니까?"

"음, 이제 천으로 가릴 필요는 없겠군요."

족장은 검을 감싼 천을 풀었다.

"오오오~"

고풍스런 검의 모습에 몰려든 사람들이 감탄했다. 한눈에도 오래된 것이 보였다.

찰칵찰칵! 찰칵찰칵!

진짜 참가자로 생각하는지 카메라 플래시들이 터졌다.

"시연을 볼 수 있겠습니까?"

"여기서요? 비무대에서 시험을 하지 않습니까?"

"사람들을 위해 한 번 보여 주십시오. 어차피 비무대에서도 보여 줄 것 아닙니까?"

"검 좀 볼 수 있습니까?"

"그런데 묘족으로 보이는데, 도가 아닌 검을 쓰십니까? 사문이 어떻게 되십니까?"

기자들은 시연을 부탁하기도 하고, 복장과 검의 부조화

를 지적하기도 했다.

"어려서 청성의 도사님께 청운검을 사사했습니다. 그리고 이런 자리에서 검을 뽑을 수는 없으니, 이 정도로 만족하십시오."

퍼억~!

족장은 말과 함께 검집으로 곁에 있는 가로수에 찔렀다.

가벼운 찌르기에 검집 하단부가 가로수를 쉽게 파고들었다.

"와아아아~"

찰칵찰칵! 찰칵찰칵! 찰칵찰칵!

"성함과 연세가 어떻게 되십니까?"

"어디서 오신 겁니까? 홍묘족이십니까?"

"사천성 양광산에 사는 홍묘족의 족장을 맡고 있는 홍모라 합니다."

"족장님도 정부에 무슨 불만이 있으십니까?"

정부와 사이가 좋았다면 지금껏 실력을 숨길 이유가 없었다. 중국 체육회도 꽤 큰 단체고, 이권도 많았다.

새로운 고수의 출현에 기자는 바로 불만이 있는지 물어왔다.

"정부에서 우리가 살던 양광산을 광산을 개발하려는 광산 회사에 팔아넘겼소. 쫓겨날 부족이 거할 땅이라도 얻기 위해 비무대회에 참가했소이다."

"……."

비무대회에 또 한 명의 숨은 고수가 참가를 했다.

물론 정부에 불만이 많은 고수였다.

어느새 전국의 고수를 초청하는 한 달이라는 기간도 끝나 가고 있었다.

운남성에서 출발한 대리 백족의 족장 두 명도 하남성에 도착을 했다.

이들이 늦은 것은 일행이 많기 때문이다.

대리국 왕족의 후손이라는 것을 자랑스럽게 생각하는 족장들이었다. 왕족답게 수행원이 많았다.

버스 두 대를 타고 50여 명의 사람들이 소실봉 아래에 도착했다.

비무대회를 구경하러 단체 관광을 오는 중국인이 많았으니, 전혀 눈에 띄지 않는 일행이었다.

그런데 일행은 소실봉을 오르지는 않고, 짐을 꺼내 무언가를 조립했다.

점차 형상이 드러나는데, 교자였다. 금방 여덟 명이 메는 교자 두 개가 완성되었다.

그리고 뭔가를 적은 깃대도 있었다.

깃대에는 대리국 대왕 친림, 천룡사 장문인 친림, 천하무적 일양지, 고금 무적 천룡장 같은 글이 적혀 있었다.

50여 명의 사람들은 전통 의상으로 옷을 갈아입고, 교자와 깃대를 들고 정렬했다. 악기를 든 사람도 있었다.

그제야 버스 뒤의 승용차에서 두 명의 노인이 나왔다. 한 노인은 왕만 입을 수 있는 황금빛 비단 능라를, 다른 노인은 고승이나 입을 수 있는 화려한 붉은 법의를 입었다.

두 노인은 여덟 명이 메는 교자에 올랐다.

뿌우웅~ 둥둥둥둥~

나팔과 북이 울리며 교자가 움직였다.

찰칵찰칵! 찰칵찰칵! 찰칵찰칵!

재미있는 구경거리에 기자들이 몰려들었다.

그러나 고수의 출현이라는 것은 아직 몰랐다. 전통 문화 행사나 가장 행렬 같은 것으로 생각하고 있었다.

그래도 중국 기자들도 섞여 있으니 깃대의 글을 보고, 비무대회에 참가하려는 고수의 출현이라는 말이 나왔다.

그러나 워낙 심상치 않은 분위기의 일행이라 접근해서 취재할 수는 없었다.

교자는 사람들의 관심을 끌어모으며 비무대로 향했다.

교자가 비무대에 도착하자 지켜보던 공안이 움직였다. 진짜 고수의 참가인지, 소수민족의 난동인지 확인하려는 것이다.

그때, 교차에 앉아 있던 두 노인이 움직였다.

휘익~

두 노인은 10여 미터의 거리를 날아서 비무대로 올랐다.

"와아아아~"

"경공술이다!"

"진짜 고수잖아!"

보통 사람이 10미터를 날아갈 수는 없었다.

경공술만으로 두 노인이 고수라는 것을 유감없이 보여
주었다.

"대왕친림 만인앙복! 천하무적 일양지!"

"선사설법 중생계도! 고금무적 천룡장!"

수행원들이 목소리를 높여 대왕과 장문인의 높은 권위와
능력을 칭송했다.

낯 간지러운 구호의 여운이 끝나자, 비무대로 날아든 노
인들이 시험용 통나무에 실력을 보였다.

퍼억!

왕의 의상을 입은 노인이 손가락을 뻗자, 보이지 않는 지
력에 통나무가 뚫렸다. 일양지의 위력이었다.

다음으로 법의를 입은 고승이 손을 비틀면서 뻗었다.

쏴아아악~

픽!

고승의 손에서 회오리 같은 기류가 뻗어 나갔다.

연한 금빛을 띠고 있는 회오리라 사람들의 눈에도 확연

히 보였다. 경지가 더 높았다면 용처럼 보였을 기류였다.

장력은 회오리처럼 회전하며 통나무를 가격했다.

그래서인지 장력이 송곳처럼 나무를 파고들었다.

"천하무적 일양지! 고금무적 천룡장!"

수행원들이 목소리를 맞추어 두 고수의 시연을 칭송했다.

휘이익~

시연을 마친 두 고수가 다시 몸을 날려 교자로 돌아왔다.

그러자 일행은 비무 참가자들이 머무는 호텔로 향했다. 일행은 진행요원들에게는 시선도 주지 않았다. 알아서 시범을 보이고, 알아서 움직이고 있었다.

그래도 고수라는 것을 증명했으니 진행요원들이 고수에게 맞춰 줄 수밖에 없었다.

기자들은 여전히 일행의 뒤를 따르며 말을 붙일 기회를 노리고 있었다.

호텔에 도착하자 교육을 받은 듯한 수행원이 기자들의 인터뷰에 응했다.

대리 백족과 천룡사의 이름이 세상에 널리 알려지는 순간이었다.

이들 외에도 고수의 경지에 이른 무술가들의 참가가 이어지고 있었다.

십왕의 명성과 혜택에 끌려 참가하는 고수들도 많았다.

경공이나 격공장을 펼칠 수준은 아니지만, 발경 정도는 꾸준히 수련하면 오를 수 있었다.

땅이 넓고 사람도 많고, 무술의 유파도 많으니, 발경의 고수가 많을 수밖에 없었다.

이미 비무대회에 참가한 고수와 새롭게 신청한 고수들까지 최종적으로 30여 명이 되었다.

그런대로 비무대회의 모양을 갖출 수 있는 숫자였다.

그런데 소수민족 출신의, 정부에 대한 불만이 많은 고수가 많이 등장하자 주류인 한족들이 태클을 걸어 왔다.

소수민족 고수들의 실력이 높은 것도 문제였다.

경지가 높다고 꼭 비무에서 이기는 것은 아니지만, 시연만 봐도 실력 차이가 확연히 드러났다.

소수민족 출신의 고수들이 십왕의 자리를 많이 차지할 것이란 예상이 대다수였다.

그러자 한족들이 소수민족 출신의 고수들을 사파라고 비하했다. 사파의 무공이라 더 강하다는 의미다.

물론 비하하기 위해 지어낸 말이다.

소수민족 고수들의 무공은 대개 사찰이나 도관에서 내려오는 것이다. 따지고 보면 정파의 것이다.

오히려 한족 고수의 무공이 사파인 경우가 대다수였다. 한족들의 익힌 무공은 대개 세상에 퍼진 유파의 것이라 실전적이다. 도를 담기보다 당장 실전에 쓸 수 있는 무공인 경우니 사파로 봐야 했다.

그래서 한족 고수들의 경지가 낮은 것일 수도 있었다. 실전을 고려해 변형된 무공은 한계가 있을 수밖에 없었다. 당장 실전에 쓰기는 어렵지만, 도가 담긴 정파의 무공이 높은 경지에 쉽게 오를 수 있었다.

그러나 소수민족 출신의 고수가 뛰어난 것을 질투한 한족들이, 그들을 비하하기 위해 사파라고 낙인을 찍고 있었다.

무술이 거의 사라진 세상에서 정파 사파를 구분하는 것도 우습지만, 그런 구분이 많이 퍼지고 있었다.

중국 언론들도 흥미를 높이기 위해 비무대회를 정파와 사파의 대결로 몰고 가고 있었다.

그래도 참가한 고수의 숫자가 많고 실력도 높아, 중국의 비무대회는 순항하고 있었다.

비무대회가 임박하자 공산당 정치국 상무위원들이 모였다.

"숨어 있는 고수가 나타났으니, 비무대회를 개초한 목적을 달성했습니다. 세계이 언론의 비무대회에 쏠리고 있습니다."

"참가한 고수들의 실력도 굉장합니다. 검기와 격공장을 펼쳐 보인 고수도 많습니다. 나이가 많은 것이 걸리지만,

복면고수에 필적할 고수들입니다."

"참가한 고수는 일부일 뿐입니다. 이번 대회만 잘 치르면 다음 대회에서는 더 많은 고수들이 나올 겁니다. 곧 복면고수를 상대할 젊은 고수가 나타날 겁니다."

"그런데 복면고수는 다시 산으로 돌아갔으니, 조용히 묻어 두는 것이 좋겠습니다. 공연히 자극하면 국가와 문파의 명예 때문에 다시 나올 수 있습니다."

"한국도 다시 소란을 벌일 생각은 없어 보입니다. 그들도 무엇이 중요한지는 잘 알고 있을 겁니다."

공청단과 상해방 파벌의 상임위원들은 비무대회의 성공을 축하했다.

복면고수에 필적할 고수들이 여럿 참가했으니, 중국의 자존심을 세운 것은 사실이었다. 이제 허풍이나 짝퉁이라는 단어를 쓸 수는 없을 것이다.

복면고수의 비무대회를 막은 것도 희소식이었다.

한국에 압력을 좀 가했더니 결과가 좋았다. 중국과의 교역이 많아지니 친중국파가 많아질 수밖에 없었다. 그런 사람들이 움직인 것이다.

그런데 복면고수는 덮어 두자는 의견이 나왔다.

중국 수뇌부는 대개 체면을 중시하고 소란을 싫어한다. 집단 지도 체제이니 대결보다는 타협을 우선으로 하고 있었다.

그래서 싸워서 끝장을 보기보다는, 적당히 타협해 마무리하는 경우가 많았다.

소명후나 독침 문제를 거론하지 않는 것도 이런 이유였다. 복면고수와 소명후의 암습 문제를 덮어서 마무리하자는 의미였다.

그런데 혁명 원로의 혈족들인 태자방 파벌의 상임위원들이 불만을 토로했다.

"그런데 참가한 고수들이 국가에 불만이 많은 것 같습니다."

"혼란의 싹을 잘라야 합니다. 반동들이 명성을 얻어 구심점이 되면 위험합니다. 당장은 어려우니, 비무대회 후에 은밀히 처리하는 것이 좋겠습니다."

태자방에서 참가한 고수들의 성향을 거론했다.

일부 고수들은 공산당과 체제에 대한 불만을 숨기지 않고 있으니 불안 요인이기는 했다.

"빈대를 잡자고 초가삼간을 태울 수는 없습니다. 참가한 고수들이 바라는 것은 큰 것이 아닙니다. 조금만 배려하면 그들을 품에 안을 수 있습니다."

"고수들이 바라는 것들은 소박합니다. 쉽게 들어줄 수 있는 것들입니다. 대리 백족의 왕을 자처하는 고수에게도 자치구의 대표 직을 주면 만족할 겁니다. 나머지 고수들은 절이나 도관, 농사지을 땅 같은 것을 원하는 수준입니다.

성의를 보이면 충분히 회유할 수 있습니다. 그리고 이들의 마음을 얻어야 숨어 있는 고수들이 나올 겁니다."

안보 관련 업무를 책임지는 태자방에서 고수들의 성향을 거론하자, 다른 위원들이 반론을 했다.

고수들의 불만을 쉽게 달래고 회유할 수 있다는 의견이었다. 고수들이 바라는 것을 들어주는 것이 어려운 것이 아니기 때문이다.

"그럼 비무 대진이라도 손을 써야 합니다. 이대로 진행하면 불만분자들이 대거 십왕의 명예를 차지할 겁니다."

"좋은 생각입니다. 불만분자들끼리 붙여 부상을 입게 만들어 떨어뜨려야 합니다."

태자방은 비무 대진을 조작해서 소수민족의 고수를 떨어뜨려야 한다는 의견도 내었다.

물론 조작에 반대하는 위원이 다수였다. 명색이 세계가 지켜보는 대회였다.

"대진은 공정해야 합니다. 세계가 주시하는 대회입니다. 공정하고 납득할 수 있게 해야 합니다. 잘 준비했는데, 사소한 문제로 망칠 수는 없습니다."

"눈앞의 이익보다는 길게 봐야 합니다. 비무 대진을 잘 짜서 실력대로 십왕을 선발해야 합니다. 자칫 불공정하게 십왕이 선발되면 고수들의 반발만 부를 겁니다."

"자꾸 그들을 배제하려고 하면 안 됩니다. 충분히 회유하고 품에 안을 수 있습니다. 중화의 품은 넓고 넉넉합니다."

"총리의 의견이 옳습니다. 총리께서 참가한 고수들의 마음을 얻을 수 있도록 수고해 주십시오."

주석도 비무대회를 책임지고 있는 총리의 의견에 힘을 실어 주었다.

포용책을 써야 한다는 위원들의 숫자도 많고 주석도 찬성하자, 이 문제는 결론이 난 셈이다.

그러나 태자방이 강 위원이 이번에는 소명후 문제를 거론했다.

"소명후 문제는 덮어 둘 수가 없습니다. 암습을 했다는 오명은 분명히 매듭을 지어야 합니다. 암습의 오명으로 대국의 체면이 구겨지고 있습니다. 한국을 강하게 압박해 복면고수의 사과를 이끌어 내야 합니다. 통관 절차만 지연시켜도 한국이 알아서 허리를 굽힐 겁니다."

"긁어부스럼입니다. 산으로 돌아간 복면고수가 다시 내려오게 될 겁니다."

"그 문제도 덮어 두는 것이 좋겠습니다. 한국을 압박할수는 있어도, 복면고수를 무릎 꿇릴 수는 없습니다. 산에 있는 도인에게 무슨 수로 사과를 시키겠습니까? 공연히 자극하면 복면고수가 우리 고수들에게 비무 같은 것을 요청할수도 있습니다."

"한국의 뒤에는 미국이 있습니다. 그리고 일본도 약점이 잡혀서 적극적으로 한국을 받쳐 줄 겁니다. 한국의 양보도 있으니, 당근이라도 주어서 끌어들여야 합니다."

강 위원은 암습의 오명을 벗기 위해 한국을 더 압박하자는 의견을 내었다.

그러나 많은 위원이 반대를 했다. 복면고수도 산으로 돌아갔으니 이대로 덮는 것이 좋겠다는 의미다.

그러나 강 위원은 남은 증거인 독침을 지적했다.

"독침이라는 증거가 있습니다. 우리가 덮으려고 해도 미국과 한국이 그 카드를 빼 들 수 있습니다. 한국에 있는 독침이라도 분석한다는 구실로 가져와야 합니다."

강 위원이 계속 강경책을 거론하자 주석이 나섰다.

"우리에게도 희토류 같은 카드가 몇 개 있으니, 카드를 교환하면 됩니다. 지금은 나라의 부를 키울 때이지, 충돌을 일으킬 시기가 아닙니다. 등 주석의 유시대로 2050년은 되어야 미국에 맞설 수 있습니다. 그런데 강 위원께서 소명 후의 배후라는 소문이 있습니다. 주변 단속에 주의해 주십시오."

"무슨 말씀이십니까?"

"그런 소문이 있으니 주의하라는 충고입니다."

"으음, 헛소문이 퍼지지 않도록 단속하겠습니다."

"여러 위원들께서도 비무대회의 성공적인 개최를 위해

노력해 주십시오. 이번 비무대회는 서양의 과학 문명에 맞서는 중화 문화의 승리입니다. 세계의 인민들에게 무공이라는 놀라운 정신 문화로 중화의 힘을 보여 주어야 합니다."

우여곡절이 있었지만, 중국은 대국답게 고수를 끌어모아 비무대회를 성공적으로 열었다.

초능력 같은 무공을 선보일 고수가 30여 명이나 참가한 비무대회였다. 세계에 자랑할 만했다.

그러나 위원들은 아직 복면고수를 압도할 만한 고수가 없다는 점은 애써 외면하고 있었다.

회의를 마친 강 위원은 어떻게 정보가 샜는지 궁리를 했다.

'주석이 어떻게 알았지? 주석과 공청단의 정보력으로는 알 수 없는 일인데……. 소도회에서 샜을 리는 없고, 공안에서는 내 심복만 알고 있고, 그럼 원로 중에서 누가 귀띔을 했나?'

주석이 다른 위원들 앞에서 소명후와의 연결을 거론한 것은 경고였다. 덮어 두겠지만 또다시 문제를 일으키면 책임을 묻겠다는 뜻이었다.

공연히 소명후를 보내 암살에 실패하고 증거까지 남겼으니, 강 위원으로서도 할 말이 없었다.

그래서 주석이 경고를 하자 조용히 물러났다. 반박을 할
수는 있지만, 그랬다가는 조사하자는 말이 나올 수가 있었
다. 약세를 인정하고 적당히 타협하는 것이 현명한 선택이
었다.

그러나 어떻게 정보가 샜는지 하는 문제가 있었다. 계속
정보가 새게 둘 수는 없었다.

일단 암살자를 보낸 소도회에서 비밀을 흘렸을 리는 없
었다. 그들은 공산당보다 더 철저하고 비밀에 목숨을 거는
폭력 조직이었다.

역설적이게도 폭력 조직이지만 신용도 좋았다. 이익 때
문에 배신을 하는 조직이 아니었다. 그래서 공안과 정부에
서 소도회에 청부를 하는 것이다.

다음으로 비밀을 아는 자는 공안의 심복이었다.

그러나 심복이 배신했다면 자신은 벌써 숙청되고도 남았
으니, 의심할 수가 없었다.

그럼 남는 것은 원로들뿐이었다.

강 위원도 전임자들에게 소도회 같은 비밀들을 전해 받
았다. 비밀로 지켜야 할 것들이 많으니, 공안과 국안부는
원로의 혈족인 태자당에서 계속 맡는 것이다.

전임자들도 소도회의 암살 조직인 천루를 여러 일에 썼
으니, 소명후의 정체를 알 수 있었다.

그래서 강 위원은 원로가 정보를 흘렸다고 결론을 내

렸다.

소도회의 비밀을 아는 원로가 정보를 흘렸을 수 있다고 생각하자 범인이 금방 떠올랐다.

'그럼 이번에 낙마한 방가 놈인가? 놈의 아버지인 방 원로는 천루에 대해서 알겠군. 그런데 태자방에서 내치니 주석에게 붙은 건가? 방 원로가 아는 것이 많은데……. 이거, 곤란하군. 주석이 어디까지 아는지 알아봐야겠군.'

강 위원은 이번에 정치국 상무위원에 오르지 못한 방 서기를 의심했다. 방 서기의 아버지가 공안을 책임졌던 적이 있기 때문이다.

복면고수를 노렸던 강 위원은 당분간 권력 싸움에 바쁠 것 같았다.

그러나 암살에 실패한 천루는 스스로 움직이고 있었다. 천지회의 적통을 이었다는 자존심 때문인지, 실패를 치욕으로 받아들이는 것이다.

소도회 천루의 암살자들이 모였다.

살수들은 소명후가 실패한 이유를 연구하고 있었다.

"복면고수의 실력이 예상을 넘었다. 망토를 쓰는 절기도 의외였다. 그 망토만 아니었으면 암살에 성공했을 텐데……."

"망토가 아니라도 어려웠습니다. 그 와중에도 실력을 숨겼습니다. 마지막에 5호의 내공을 폐한 수법이 처음으로 실력을 보인 겁니다. 그것도 여유가 넘치는 수였습니다."

"암살자가 정면 대결을 한 것이 문제였습니다. 차라리 그냥 암살을 했으면……."

"위에서 별다른 명령이 없습니까?"

"복면고수의 실력을 모두 봤으니 무슨 설명이 필요할까? 실패할 만했으니 별다른 지시는 없다."

"그럼 다시 시도하지는 않는 겁니까?"

"복면고수를 비무대 위에서 죽이기 위해 우리가 필요했다. 이제 복면고수를 없애려면 저격수를 보내겠지. 그게 더 깔끔하고 성공 확률이 높겠지. 의뢰는 취소된 셈이다. 그러나 천루는 실패의 기록을 남길 수 없다. 내가 한국으로 가겠다. 복면고수가 다시 산으로 돌아갔지만, 흔적을 조사하면 찾을 수 있을 것이다. 내가 목숨을 걸고 끝을 내겠다."

"1호보다는 그래도 젊은 내가……."

"재차 실패할 위험을 감수할 수는 없다. 내 목숨도 길지 않으니, 마지막을 화려하게 장식하겠다."

"으음, 성공을 빌겠습니다."

"무림이 양지로 나왔으니, 우리에게도 새로운 기회가 있을 수 있다. 2호는 과거의 전통에 집착하지 말고, 천루의 영광을 위해 심사숙고해 주기 바란다."

천루의 늙은 암살자가 마지막을 장식하기 위해 한국으로

향했다. 이번에는 정면 대결이 아닌 진짜 암습이었다. 그것도 목숨을 버릴 각오인 암살자의 살수였다.

복면고수가 산으로 돌아갔지만 진짜 위험은 소리없이 다가오고 있었다.

〈『고수, 하산하다』 제4권에서 계속〉

1판 1쇄 찍음 2013년 1월 2일
1판 1쇄 펴냄 2013년 1월 7일

지은이 | 한주먹
펴낸이 | 정 필
펴낸곳 | 도서출판 **뿔미디어**

편집장 | 이재권
기획 · 편집 | 문정흠
편집디자인 | 이진선
관리, 영업 | 김기환, 임순옥

출판등록 | 2002년 9월 11일 (제1081-1-132호)
주소 | 부천시 원미구 상3동 533-3 아트프라자 503호 (우)420-861
전화 | 032)651-6513 / 팩스 032)651-6094
E-mail | bbulmedia@hanmail.net

값 8,000원

ISBN 978-89-6775-098-5 04810
ISBN 978-89-6775-061-9 04810 (세트)

※파본은 구입하신 서점에서 교환하여 드립니다.

※이 책은 (도)뿔미디어를 통해 독점 계약되었습니다.
저작권법에 의해 보호를 받는 저작물이므로 무단 전재와 무단 복제를 엄금합니다.

http://www.bbulmedia.com